戦国姫《せんごくひめ》

—井《い》伊《い》直虎《なおとら》の物語《ものがたり》—

藤咲《ふじさき》あゆな・著
マルイノ・絵

集英社みらい文庫

はじめに　――男《おとこ》として生《い》きた姫《ひめ》・直虎《なおとら》の魅力《みりょく》とは――

戦国《せんごく》の世《よ》を生《い》き抜《ぬ》いた城主《じょうしゅ》・井伊直虎《いいなおとら》。

この名前《なまえ》を見《み》ただけでは、誰《だれ》もが勇《いさ》ましい武将《ぶしょう》の姿《すがた》を想像《そうぞう》するでしょう。

ですが、この直虎《なおとら》が実《じつ》は女性《じょせい》だということは、「戦国姫《せんごくひめ》―風《かぜ》の巻《まき》―」を読《よ》んだ方《かた》なら、すでにご存《ぞん》じですよね。

彼女《かのじょ》の知名度《ちめいど》は平成《へいせい》29年《ねん》のNHK《エヌエイチケー》大河《たいが》ドラマ「おんな城主《じょうしゅ》 直虎《なおとら》」で一気《いっき》に高《たか》まりましたが、それまでは「井伊《いい》」と聞《き》けば、歴史《れきし》に詳《くわ》しい方《かた》なら、徳川四天王《とくがわしてんのう》のひとりで「井伊《いい》の赤鬼《あかおに》」と恐《おそ》れられた「井伊直政《いいなおまさ》」か、「桜田門外《さくらだもんがい》の変《へん》」で有名《ゆうめい》な幕末《ばくまつ》の大老《たいろう》「井伊直弼《いいなおすけ》」を連想《れんそう》したのではないでしょうか。

井伊氏《いいし》は寛弘《かんこう》7年《ねん》(1010年《ねん》)に始《はじ》まったとされ、戦国時代《せんごくじだい》、駿河《するが》の今川義元《いまがわよしもと》の下《した》についた直平《なおひら》(直虎《なおとら》の曾祖父《そうそふ》)の代《だい》で二十代目《だいめ》を数《かぞ》える大変歴史《たいへんれきし》の古《ふる》い家《いえ》です。

この直平《なおひら》の時代《じだい》から二十四代目《だいめ》の直政《なおまさ》の時代《じだい》に徳川家康《とくがわいえやす》に仕《つか》えるようになるまで、井伊《いい》氏《し》には受難《じゅなん》の日々《ひび》が続《つづ》きました。家《いえ》を継《つ》ぐ男子《だんし》がすべて戦死《せんし》か今川《いまがわ》に誅殺《ちゅうさつ》されるという悲《ひ》劇《げき》に見舞《みま》われたのです。

そんな中《なか》、女性《じょせい》の身《み》でありながら、天敵《てんてき》・今川家《いまがわけ》に潰《つぶ》されそうになった井伊家《いいけ》を救《すく》ったのが、本書《ほんしょ》の主人公《しゅじんこう》「井伊直虎《いいなおとら》」です。

彼女《かのじょ》は今川方《いまがわがた》の政略《せいりゃく》で婚約者《こんやくしゃ》の直親《なおちか》と離《はな》れ離《ばな》れになり、いったんは出家《しゅっけ》の道《みち》を選《えら》びましたが、この直親《なおちか》が暗殺《あんさつ》されるという悲劇《ひげき》に遭《あ》い、彼《かれ》の忘《わす》れ形見《がたみ》である直政《なおまさ》を育《そだ》てることを決意《けつい》します。還俗《げんぞく》した彼女《かのじょ》が選《えら》んだ道《みち》は、「直虎《なおとら》」という男《おとこ》の名《な》で、愛《あい》する故郷《こきょう》・井伊谷《いいのや》を守《まも》ることでした。

本書《ほんしょ》では「―風《かぜ》の巻《まき》―」で入《い》れ込《こ》めなかった史実《しじつ》をふんだんに盛《も》り込《こ》み、激動《げきどう》の時代《じだい》を生《い》き抜《ぬ》いた彼女《かのじょ》の人生《じんせい》を描《えが》いていきます。

広大《こうだい》な湖《みずうみ》の上《うえ》を吹《ふ》き渡《わた》る風《かぜ》のごとく駆《か》け抜《ぬ》けた彼女《かのじょ》の生《い》き方《かた》を、どうぞたっぷりとお楽《たの》しみください。

藤咲《ふじさき》あゆな

戦国姫《せんごくひめ》
—井伊《いい》直虎《なおとら》の物語《ものがたり》—

目次《もくじ》

花嵐《はなあらし》の章《しょう》 011

1 祖父《そふ》・井伊直宗《いいなおむね》が戦死《せんし》する——天文《てんぶん》11年《ねん》（1542年《ねん》）……012

2 許婚《いいなずけ》・亀之丞《かめのじょう》との別《わか》れ——天文《てんぶん》13年《ねん》（1544年《ねん》）……025

薄氷《うすらい》の章《しょう》 045

1 亀之丞《かめのじょう》との再会《さいかい》——弘治元年《こうじがんねん》（1555年《ねん》）……046

2 桶狭間《おけはざま》の戦《たたか》いにて、父《ちち》・直盛《なおもり》が戦死《せんし》する——永禄《えいろく》3年《ねん》（1560年《ねん》）……066

哀《あい》の章《しょう》 081

1 虎松《とらまつ》の誕生《たんじょう》——永禄《えいろく》4年《ねん》（1561年《ねん》）……082

2 直親《なおちか》の死《し》——永禄《えいろく》5年《ねん》（1562年《ねん》）……092

突風《とっぷう》の章《しょう》 113

1 曾祖父《そうそふ》・直平《なおひら》が急死《きゅうし》する——永禄《えいろく》6年《ねん》（1563年《ねん》）……114

2 直虎《なおとら》、城主《じょうしゅ》となる——永禄《えいろく》8年《ねん》（1565年《ねん》）……119

逆風《ぎゃくふう》の章《しょう》 131

1 直虎《なおとら》、井伊谷城《いいのやじょう》を追《お》われる――永禄《えいろく》11年《ねん》（1568年《ねん》）……132

2 今川氏滅亡《いまがわしめつぼう》――永禄《えいろく》12年《ねん》（1569年《ねん》）……146

息吹《いぶき》の章《しょう》 155

1 三方ヶ原《みかたがはら》の戦《たたか》い――元亀《げんき》3年《ねん》（1572年《ねん》）……156

2 虎松《とらまつ》、家康《いえやす》にお目見《めみ》えす――天正《てんしょう》3年《ねん》（1575年《ねん》）……163

昇龍《しょうりゅう》の章《しょう》 175

1 万千代《まんちよ》、井伊谷《いいのや》を取《と》り戻《もど》す――天正《てんしょう》4年《ねん》（1576年《ねん》）……176

2 直虎《なおとら》、永眠《えいみん》す――天正《てんしょう》10年《ねん》（1582年《ねん》）……189

当時《とうじ》の国名《こくめい》マップ……006

全体関係図《ぜんたいかんけいず》……008

用語集《ようごしゅう》……197

年表《ねんぴょう》……198

参考文献《さんこうぶんけん》……200

あとがき……201

戦国姫《せんごくひめ》 —井伊直虎《いいなおとら》の物語《ものがたり》—

当時《とうじ》の国名《こくめい》マップ

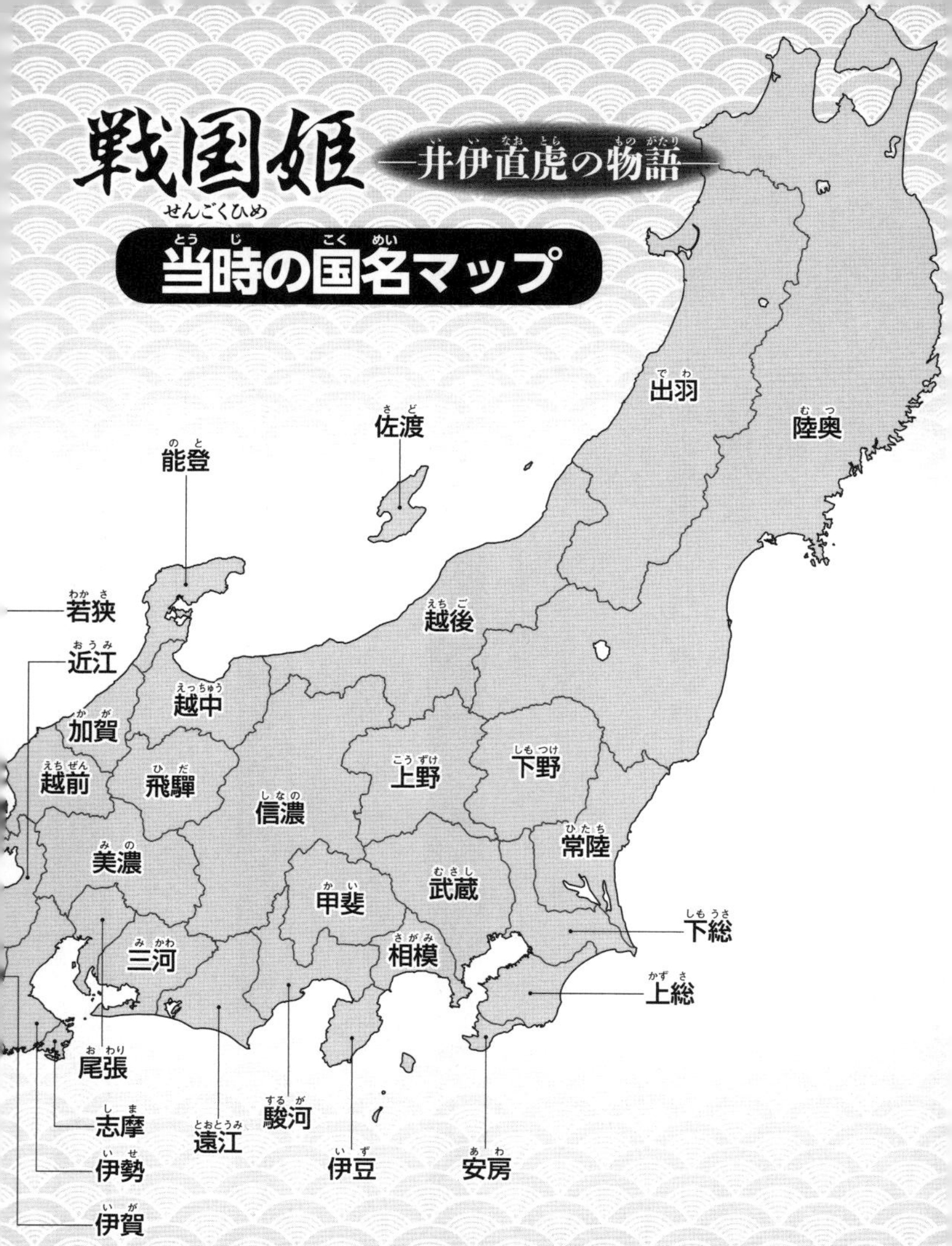

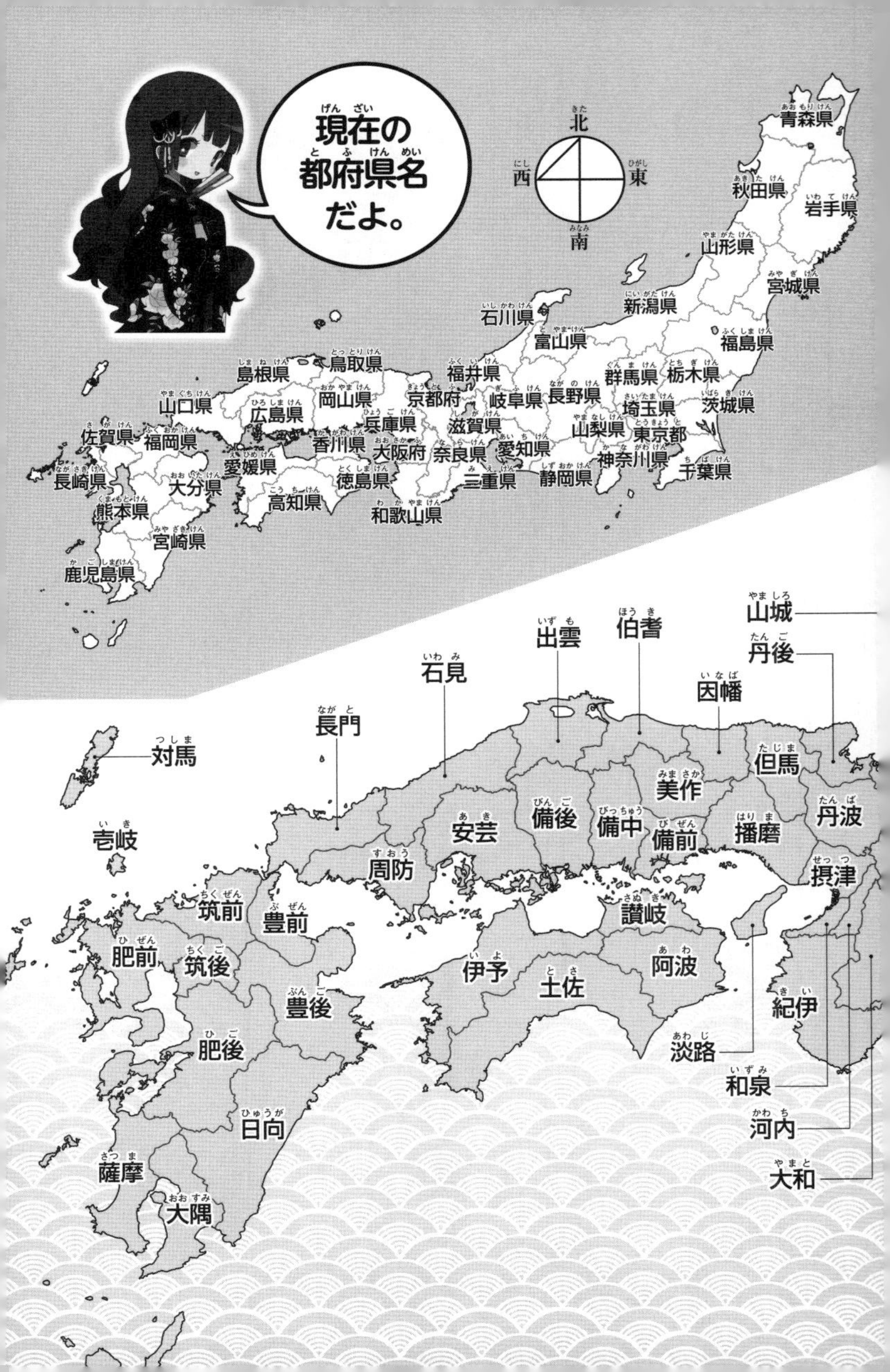

現在《げんざい》の
都府県名《とふけんめい》
だよ。
北《きた》
西《にし》
東《ひがし》
南《みなみ》
青森県《あおもりけん》
秋田県《あきたけん》
岩手県《いわてけん》
山形県《やまがたけん》
宮城県《みやぎけん》
新潟県《にいがたけん》
石川県《いしかわけん》
富山県《とやまけん》
福島県《ふくしまけん》
島根県《しまねけん》
鳥取県《とっとりけん》
福井県《ふくいけん》
群馬県《ぐんまけん》
栃木県《とちぎけん》
山口県《やまぐちけん》
岡山県《おかやまけん》
京都府《きょうとふ》
岐阜県《ぎふけん》
長野県《ながのけん》
埼玉県《さいたまけん》
茨城県《いばらきけん》
広島県《ひろしまけん》
兵庫県《ひょうごけん》
滋賀県《しがけん》
山梨県《やまなしけん》
東京都《とうきょうと》
佐賀県《さがけん》
福岡県《ふくおかけん》
香川県《かがわけん》
大阪府《おおさかふ》
奈良県《ならけん》
愛知県《あいちけん》
神奈川県《かながわけん》
長崎県《ながさきけん》
愛媛県《えひめけん》
徳島県《とくしまけん》
三重県《みえけん》
静岡県《しずおかけん》
千葉県《ちばけん》
大分県《おおいたけん》
熊本県《くまもとけん》
高知県《こうちけん》
和歌山県《わかやまけん》
宮崎県《みやざきけん》
鹿児島県《かごしまけん》
山城《やましろ》
伯耆《ほうき》
出雲《いずも》
丹後《たんご》
石見《いわみ》
因幡《いなば》
長門《ながと》
対馬《つしま》
但馬《たじま》
美作《みまさか》
丹波《たんば》
備後《びんご》
備中《びっちゅう》
安芸《あき》
備前《びぜん》
播磨《はりま》
壱岐《いき》
周防《すおう》
摂津《せっつ》
筑前《ちくぜん》
豊前《ぶぜん》
讃岐《さぬき》
肥前《ひぜん》
筑後《ちくご》
伊予《いよ》
土佐《とさ》
阿波《あわ》
豊後《ぶんご》
紀伊《きい》
肥後《ひご》
淡路《あわじ》
和泉《いずみ》
日向《ひゅうが》
河内《かわち》
薩摩《さつま》
大和《やまと》
大隅《おおすみ》

「井伊直虎《いいなおとら》」関係図《かんけいず》

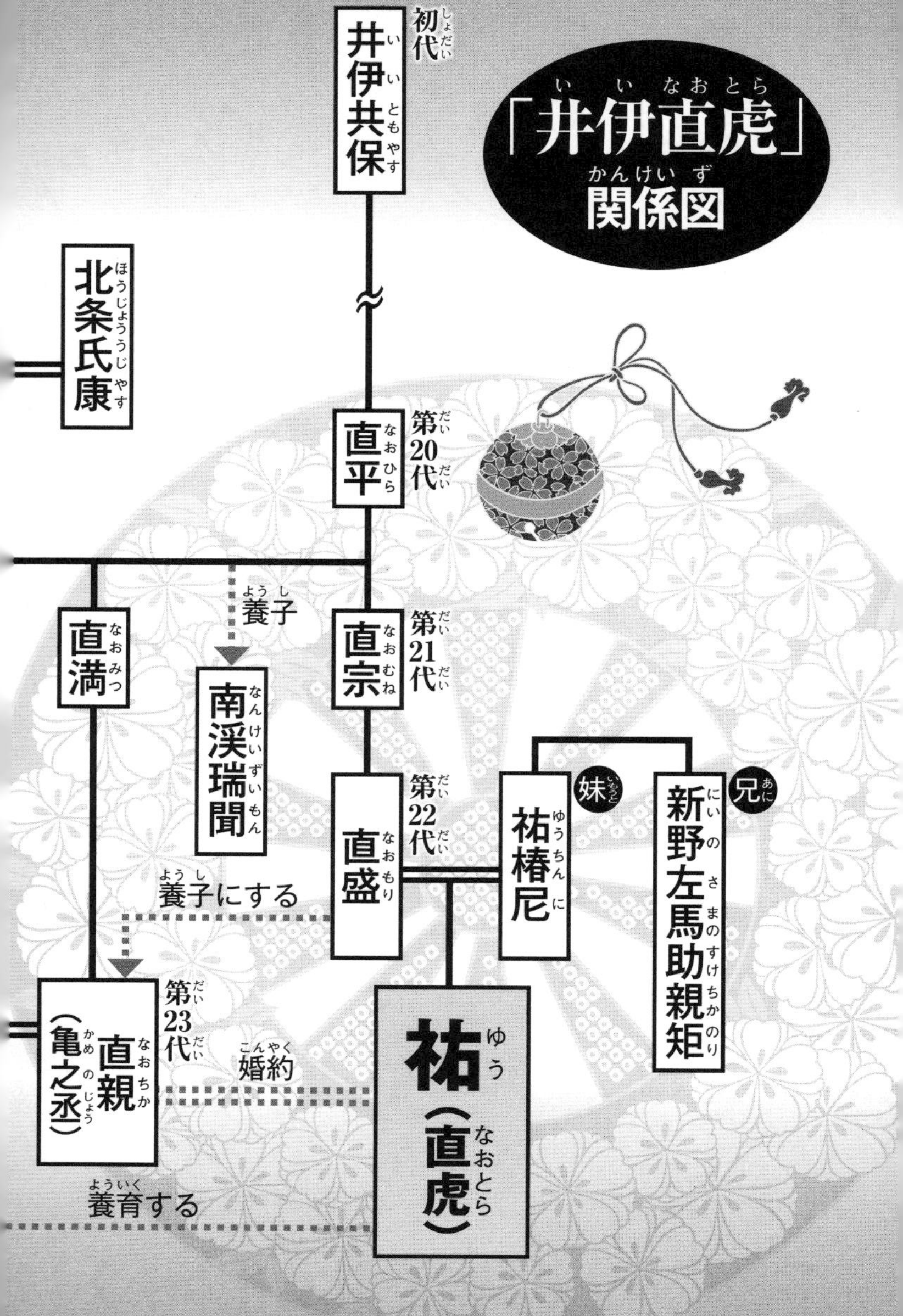

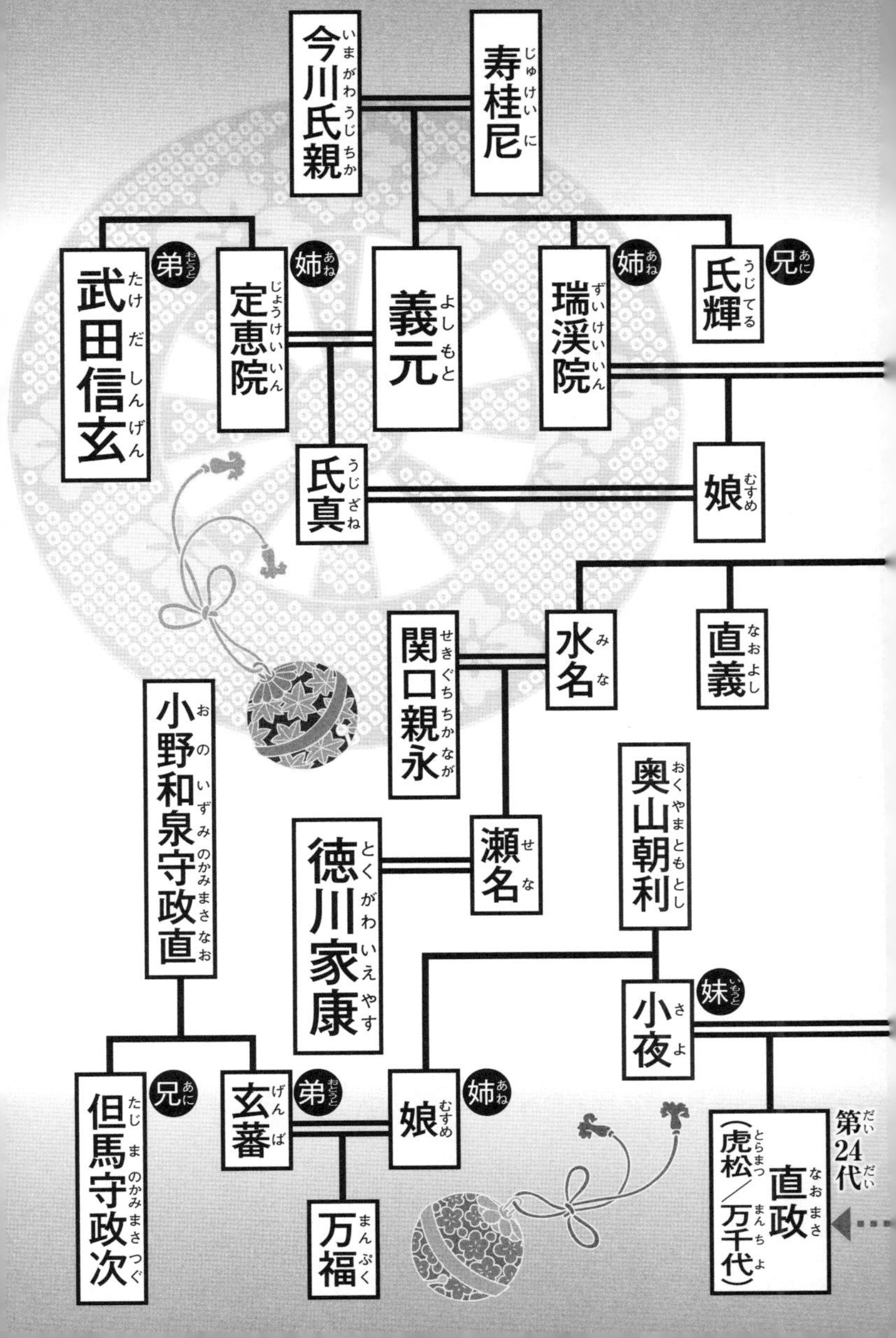

寿桂尼《じゅけいに》
今川氏親《いまがわうじちか》
兄《あに》
氏輝《うじてる》
姉《あね》
瑞渓院《ずいけいいん》
義元《よしもと》
姉《あね》
定恵院《じょうけいいん》
弟《おとうと》
武田信玄《たけだしんげん》
娘《むすめ》
氏真《うじざね》
直義《なおよし》
水名《みな》
関口親永《せきぐちちかなが》
奥山朝利《おくやまともとし》
瀬名《せな》
徳川家康《とくがわいえやす》
小野和泉守政直《おのいずみのかみまさなお》
妹《いもうと》
小夜《さよ》
姉《あね》
娘《むすめ》
弟《おとうと》
玄蕃《げんば》
兄《あに》
但馬守政次《たじまのかみまさつぐ》
万福《まんぷく》
第《だい》24代《だい》
直政《なおまさ》
（虎松《とらまつ》／万千代《まんちよ》）

歴史《れきし》には諸説《しょせつ》ありますが、
このシリーズでは主《おも》に通説《つうせつ》に基《もと》づき、
物語《ものがたり》を構成《こうせい》しています。

花《はな》嵐《あらし》の章《しょう》

1　祖父《そふ》・井伊直宗《いいなおむね》が戦死《せんし》する――天文《てんぶん》11年《ねん》（1542年《ねん》）――

遠江国《とおとうみのくに》・井伊谷《いいのや》――。

広大《こうだい》な浜名湖《はまなこ》の北《きた》に位置《いち》するここは、遥《はる》か昔《むかし》から「井《い》の国《くに》」と呼《よ》ばれ、水《みず》の豊《ゆた》かな土地《とち》です。

五百《ひゃく》年《ねん》以上《いじょう》もの間《あいだ》、井伊氏《いいし》が治《おさ》めているこの地《ち》は、その豊《ゆた》かさゆえに昔《むかし》から幾度《いくど》となく戦《いくさ》に巻《ま》き込《こ》まれてきたのですが……。

天文《てんぶん》8年《ねん》（1539年《ねん》）のある日《ひ》のこと。

井伊家《いいけ》の姫《ひめ》・祐《ゆう》（のちの直虎《なおとら》）は、幼馴染《おさななじ》みの亀之丞《かめのじょう》と一緒《いっしょ》に、大叔母《おおおば》の水名姫《みなひめ》に誘《さそ》われ、渭伊八幡宮《いいはちまんぐう》に参《まい》っていました。

御手洗《みたらし》の井戸《いど》が見《み》えてくると、祐《ゆう》は思《おも》わず駆《か》け寄《よ》り、はしゃいだ声《こえ》をあげました。

「この井戸《いど》の中《なか》から、始祖《しそ》の共保公《ともやすこう》がお生《う》まれになったのですよね！」

「あ、祐殿《ゆうどの》！　それは今《いま》、私《わたし》が言《い》おうと思《おも》っていましたのに！」

続《つづ》いて亀之丞《かめのじょう》が走《はし》り、井戸《いど》の前《まえ》に立《た》ちます。

あとからやってきた水名《みな》は微笑《ほほえ》みながら、ふたりを見《み》ました。

「祐《ゆう》、亀之丞《かめのじょう》、もうすっかり覚《おぼ》えてしまったようですね」

「はい！　私《わたし》は共保公《ともやすこう》のお話《はなし》が大好《だいす》きです！」

「あ、亀之丞《かめのじょう》、それは今《いま》、わたしも言《い》おうと思《おも》っていたのに！」

井伊家《いいけ》の起《お》こりは、寛弘《かんこう》7年《ねん》（1010年《ねん》）元旦《がんたん》。

不思議《ふしぎ》なことに、この井戸《いど》の中《なか》から突如《とつじょ》として赤《あか》ん坊《ぼう》が生《う》まれたのを宮司《ぐうじ》が見《み》たことから始《はじ》まりました。

その赤《あか》ん坊《ぼう》は美《うつく》しく、瞳《ひとみ》は明《あか》るく輝《かがや》いていたので、宮司《ぐうじ》は将来大変《しょうらいたいへん》な人物《じんぶつ》になるに違《ちが》いないと思《おも》い、自分《じぶん》の手《て》で育《そだ》てることにしました。そうして、すくすく成長《せいちょう》したその赤《あか》ん坊《ぼう》は七歳《さい》のときに藤原鎌足《ふじわらのかまたり》の子孫《しそん》・藤原共資《ふじわらのともすけ》の養子《ようし》となり、長《ちょう》じて共資《ともすけ》の娘《むすめ》と結婚《けっこん》。共保《ともやす》と名乗《なの》った彼《かれ》は、のちに生誕《せいたん》の地《ち》・井伊谷《いいのや》に戻《もど》り、井伊《いい》を名乗《なの》るようになったのです。

しかし、「器量人《きりょうひと》にすぐれ、勇武絶倫《ゆうぶぜつりん》なり」と謳《うた》われた、この共保《ともやす》から数《かぞ》えること二十代目《だいめ》の直平《なおひら》（祐《ゆう》の曾祖父《そうそふ》）のとき、井伊家《いいけ》は駿河《するが》の今川氏親《いまがわうじちか》に攻《せ》められ、今川《いまがわ》の下《した》に着《つ》くことを余儀《よぎ》なくされました。直平《なおひら》はやむなく分家筋《ぶんけすじ》の井平氏《いだいらし》に身《み》を寄《よ》せ、当時《とうじ》の居城《きょじょう》・三岳城《みたけじょう》を明《あ》け渡《わた》し、そこに今川《いまがわ》から奥平氏《おくだいらし》が城番《じょうばん》として入《はい》ったのです。

こうして、井伊《いい》を下《くだ》した今川《いまがわ》は遠江《とおとうみ》も勢力下《せいりょくか》に収《おさ》めることに成功《せいこう》したのですが、氏親《うじちか》が亡《な》くなり、次代《じだい》の氏輝《うじてる》も若《わか》くして亡《な》くなると、後継《あとつ》ぎ問題《もんだい》で揺《ゆ》れ……。氏輝《うじてる》の弟《おとうと》たちの間《あいだ》で起《お》こった「花倉《はなくら》の乱《らん》」（天文《てんぶん》5年《ねん》／1536年《ねん》）とのちに呼《よ》ばれる一連《いちれん》の戦《たたか》いは、弱冠《じゃっかん》十八歳《はっさい》の氏親《うじちか》の五男《なん》の義元《よしもと》が勝利《しょうり》を収《おさ》めました。

その数年後《すうねんご》、直平《なおひら》は改《あらた》めて義元《よしもと》に対《たい》し、今川《いまがわ》への臣従《しんじゅう》の意《い》を表《あらわ》し、これにより長年《ながねん》、三岳城《みたけじょう》に駐留《ちゅうりゅう》していた今川軍《いまがわぐん》はようやく引《ひ》き揚《あ》げることになりました。

まだ数《かぞ》えで四歳《さい》と幼《おさな》い祐《ゆう》と亀之丞《かめのじょう》は政治的《せいじてき》なことはよくわかりませんでしたが、大人《おとな》たちが皆《みな》、喜《よろこ》んでいる様子《ようす》を見《み》て、

「井伊家《いいけ》にとっていいことがあったのだな」

ということは感《かん》じていました。

ですが――。

(今日《きょう》の水名様《みなさま》……なんだか元気《げんき》なさそう)

祐《ゆう》は先《さき》ほどから、水名《みな》の様子《ようす》が気《き》になっていました。

おだやかな微笑《ほほえ》みを浮《う》かべてはいるものの、どこかさみしそうな目《め》をしているからです。

「なんだか不思議《ふしぎ》ね……。ここに来《く》ると、やっぱり落《お》ち着《つ》くわ」

周《まわ》りの景色《けしき》を眺《なが》めてから、水名《みな》がまぶたを閉《と》じて、すうっと息《いき》を吸《す》いますと、水名《みな》の乳母《うば》が袖《そで》で顔《かお》を覆《おお》いました。

「姫様《ひめさま》……ああ、おかわいそうに」

「これ、子《こ》どもたちの前《まえ》で泣《な》いてはいけません。わたくしはこの井伊谷《いいのや》を守《まも》るために駿府《すんぷ》に赴《おもむ》くのですから」

「すんぷ?」

「水名様《みなさま》、どこか遠《とお》くに行《い》くのですか?」

祐《ゆう》と亀之丞《かめのじょう》が水名《みな》を見上《みあ》げますと、水名《みな》は一瞬《いっしゅん》、唇《くちびる》を噛《か》んで、こみあげてくる涙《なみだ》を堪《こら》え、微笑《ほほえ》みました。

「あなたたちは幼《おさな》すぎて意味《いみ》がわからないかもしれない……。でも、将来《しょうらい》、井伊家《いいけ》を背負《せお》って立《た》つ身《み》として聞《き》いておいてくださいね。私《わたし》は今川《いまがわ》の人質《ひとじち》になるのよ」

三岳城《みたけじょう》から軍《ぐん》を引《ひ》き揚《あ》げる代《か》わりに、今川《いまがわ》が提示《ていじ》したのは、井伊《いい》から臣従《しんじゅう》の証《あかし》として人質《ひとじち》を出《だ》すことでした。

その人質《ひとじち》として、直平《なおひら》はひとり娘《むすめ》の水名《みな》を選《えら》んだのです。

「水名様《みなさま》は今川《いまがわ》へ行《い》くのですか？」

「もう、井伊谷《いいのや》へは帰《かえ》ってこないのですか？」

「ええ……」

水名《みな》はそうつぶやき、ふたたび周《まわ》りの山々《やまやま》に目《め》を向《む》けました。

「……この景色《けしき》を忘《わす》れないように、胸《むね》に刻《きざ》んでおきたいの」

後日《ごじつ》、水名《みな》は今川《いまがわ》の人質《ひとじち》になるため、駿河国《するがのくに》・駿府《すんぷ》へと旅立《たびだ》ちました。

そうして、しばらくは平穏《へいおん》な日々《ひび》が続《つづ》きましたが――。

井伊家《いいけ》はその後《ご》、次々《つぎつぎ》と不幸《ふこう》に見舞《みま》われることになりました。

その発端《ほったん》は、天文《てんぶん》11年《ねん》（1542年《ねん》）の1月《がつ》に起《お》きました。

祐《ゆう》の祖父《そふ》・直宗《なおむね》が今川義元《いまがわよしもと》の命令《めいれい》で西《にし》の隣国《りんごく》・三河国《みかわのくに》は田原城《たはらじょう》攻《ぜ》めに行《い》き、討《う》ち死《じ》にしてしまったのです。

駿河《するが》の今川《いまがわ》は三河《みかわ》、尾張《おわり》――と西《にし》への勢力拡大《せいりょくかくだい》を狙《ねら》っており、三河《みかわ》に近《ちか》い井伊氏《いいし》は先陣《せんじん》に立《た》たされたのでした。

「おじい様《さま》が……討《う》ち死《じ》にされたと？」

この知《し》らせに、祐《ゆう》は心《こころ》を痛《いた》めました。

沈痛《ちんつう》な面持《おもも》ちでうつむく祐《ゆう》に、父《ちち》・直盛《なおもり》が続《つづ》けます。

「家督《かとく》はもちろんわしが継《つ》ぐことになった。しかし、この戦国《せんごく》の世《よ》では、いつ、わしも命《いのち》を落《お》とすかわからぬ。そこでだ、祐《ゆう》よ。おまえに婿《むこ》を取《と》ることにした」

直盛《なおもり》の悩《なや》みは、いまだに男子《だんし》に恵《めぐ》まれないことでした。

この先《さき》できるかもしれませんが、できない可能性《かのうせい》もあります。もし、直盛《なおもり》も戦死《せんし》するようなことがあれば、子《こ》どもは女《おんな》の祐《ゆう》ただひとりになってしまうのです。

初代《しょだい》・共保公《ともやすこう》から始《はじ》まり、五百年《ひゃくねん》以上《いじょう》もの歴史《れきし》を持《も》つ井伊宗家《いいそうけ》を、直盛《なおもり》の代《だい》で潰《つぶ》すわけにはいきません。

そこで考《かんが》えたのが、今《いま》のうちに祐《ゆう》の結婚相手《けっこんあいて》を決《き》めてしまうことでした。

「婿《むこ》……」

祐《ゆう》の心《こころ》のうちに、くやしさが湧《わ》いてきました。

(わたしが男《おとこ》に生《う》まれていれば――……)

ですが、女《おんな》に生《う》まれてしまったことは、どうしようもありません。

この時代《じだい》の武家《ぶけ》の姫《ひめ》のたしなみとして、祐《ゆう》は書《しょ》や裁縫《さいほう》だけでなく、長刀《なぎなた》などの武芸《ぶげい》も磨《みが》いてきました。

しかし、どんなに武芸《ぶげい》に長《た》けていても、男《おとこ》になることはできないのです。

「わかりました。では、婿《むこ》を取《と》るということは、わたしは井伊谷《いいのや》を離《はな》れなくてよいのですね?」

「ああ、もちろんそうじゃ」

「……よかった」

ほっとして息《いき》をついた祐《ゆう》に、直盛《なおもり》は続《つづ》けました。

「相手《あいて》は、おまえもよく知《し》っている者《もの》だぞ」

「誰《だれ》ですか？」

そう言《い》いながら、祐《ゆう》は「小野和泉守《おのいずみのかみ》の息子《むすこ》だったら嫌《いや》だな」と思《おも》いました。

小野和泉守政直《おのいずみのかみまさなお》は井伊家《いいけ》の重臣《じゅうしん》ではありますが、今川寄《いまがわよ》りの考《かんが》えを持《も》ち、なにかにつけ、今川《いまがわ》に井伊家《いいけ》の内情《ないじょう》を知《し》らせているという噂《うわさ》がありました。祐《ゆう》は大人《おとな》たちの噂《うわさ》を耳《みみ》にしただけですが、当然《とうぜん》のことながら、いい印象《いんしょう》はありません。

幼《おさな》いながらも、今川《いまがわ》への反発心《はんぱつしん》から「だったら、どうしよう」と祐《ゆう》が身構《みがま》えていますと、直盛《なおもり》はもっとも近《ちか》しい者《もの》の名《な》を挙《あ》げました。

「亀之丞《かめのじょう》だ。おまえと同《おな》い年《どし》だし、気心《きごころ》も知《し》れている。井伊家《いいけ》の血《ち》を守《まも》っていくのに、これ以上《いじょう》、ふさわしい相手《あいて》はおるまい」

「亀之丞《かめのじょう》、ですか」

聞《き》くなり祐《ゆう》は、ぱちくりとまばたきしました。

幼馴染《おさななじ》みの亀之丞《かめのじょう》は、祐《ゆう》と同《おな》い年《どし》ですが、父《ちち》・直盛《なおもり》の従弟《いとこ》にあたります。亀之丞《かめのじょう》の父《ちち》親《おや》・直満《なおみつ》は、祐《ゆう》の亡《な》き祖父《そふ》・直宗《なおむね》の弟《おとうと》なのです。

「じい様《さま》もそれがよい、と言《い》っておられる。どうじゃ、いい縁《えん》だと思《おも》うが」

直盛《なおもり》の言《い》う「じい様《さま》」とは、祐《ゆう》の曾祖父《そうそふ》・直平《なおひら》のことです。

隠居《いんきょ》の身《み》とはいえ、井伊家《いいけ》でいちばん偉《えら》いのは直平《なおひら》です。直平《なおひら》の決《き》めたことに否《いな》やはありませんが、それ以上《いじょう》に、

(亀之丞《かめのじょう》でよかった！)

と祐《ゆう》は喜《よろこ》びました。

知《し》らない相手《あいて》に嫁《とつ》がなくていいですし、井伊谷《いいのや》を離《はな》れることもありません。

そう思《おも》うと、これ以上《いじょう》はない縁談《えんだん》だったのです。

それから、しばらくして――。

祐《ゆう》と亀之丞《かめのじょう》は許婚《いいなずけ》として、顔《かお》を合《あ》わせることになりました。

井伊本家《いいほんけ》の館《やかた》の北《きた》に直満《なおみつ》の屋敷《やしき》があるので、しょっちゅう会《あ》っていますが、こうして改《あらた》

めて対面《たいめん》すると、ふたりはたちまち恥《は》ずかしくなり、互《たが》いに顔《かお》を赤《あか》らめてうつむいてしまいました。

お互《たが》い、そっと顔《かお》を上《あ》げて目《め》が合《あ》ってはあわてて逸《そ》らすということを幾度《いくど》か繰《く》り返《かえ》したあと、祐《ゆう》のほうから口《くち》を開《ひら》きました。

「亀之丞《かめのじょう》、わたしと一緒《いっしょ》に井伊家《いいけ》を守《まも》りましょう」

「これ、祐《ゆう》」

たしなめようとした直盛《なおもり》を、亀之丞《かめのじょう》が笑《わら》って止《と》めました。

「いえ、良《よ》いのです。さすがは井伊宗家《いいそうけ》の姫《ひめ》。『わたしの代《か》わりに』ではなく、『わたしと一緒《いっしょ》に』と言《い》ってくださったそのお気持《きも》ちをしかと受《う》け止《と》め、井伊家繁栄《いいけはんえい》のために努《つと》めましょう」

そう言《い》って微笑《ほほえ》んだ亀之丞《かめのじょう》を見《み》て、祐《ゆう》は頬《ほお》を赤《あか》らめました。

胸《むね》がいつになく、どきどきと波打《なみう》っています。

(亀之丞《かめのじょう》……こんなに、たくましかったっけ?)

これまではただの幼馴染《おさななじ》みとしてしか見《み》ていなかった亀之丞《かめのじょう》のことを、祐《ゆう》はこの瞬間《しゅんかん》、好《す》きになりました。

そうして、改《あらた》めて「この人《ひと》が婿《むこ》でよかった」と思《おも》ったのです。

頬《ほお》を染《そ》めるふたりの様子《ようす》を見《み》て、直盛《なおもり》と直平《なおひら》は笑《わら》ってうなずき合《あ》いました。

「じい様《さま》、井伊家《いいけ》は安泰《あんたい》ですな」

「ああ、よかった。これでいつでも冥土《めいど》へ行《い》けるというものだ」

そう言《い》う直平《なおひら》を、祐《ゆう》が振《ふ》り返《かえ》りました。

「ひいじい様《さま》には、長生《ながい》きしてもらわねば困《こま》ります。わたしの花嫁姿《はなよめすがた》を見《み》ていただかなくては」

「おお、そうじゃな。しかし、祐《ゆう》はしっかりしておるな。亀之丞《かめのじょう》、尻《しり》に敷《し》かれぬよう、気《き》をつけんとな」

「はい！」

「まあ、ひいじい様《さま》も亀之丞《かめのじょう》も失礼《しつれい》ね」

こうして、祐《ゆう》と亀之丞《かめのじょう》は成長《せいちょう》した暁《あかつき》に祝言《しゅうげん》を挙《あ》げることが決《き》まったのですが――。

このあと、不幸《ふこう》にもふたりの仲《なか》は引《ひ》き裂《さ》かれることになってしまうのです。

❖井伊《いい》と今川《いまがわ》の因縁《いんねん》は？❖

井伊家《いいけ》にとっての天敵《てんてき》・今川家《いまがわけ》。実《じつ》は、井伊家《いいけ》と今川家《いまがわけ》の確執《かくしつ》は、直虎《なおとら》が生《う》まれる約《やく》二百年前《ひゃくねんまえ》の南北朝時代《なんぼくちょうじだい》から始《はじ》まっています。ともに鎌倉幕府《かまくらばくふ》を滅亡《めつぼう》させ、「建武《けんむ》の新政《しんせい》」を成《な》した後醍醐天《ごだいごてん》皇《のう》と足利尊氏《あしかがたかうじ》は、やがて対立《たいりつ》。後醍醐天皇《ごだいごてんのう》は吉野《よしの》で南朝《なんちょう》を興《おこ》し、対《たい》する尊氏《たかうじ》は京《きょう》で新《あたら》しい天皇《てんのう》を立《た》て、北朝《ほくちょう》につきます。それから五十七年《ねん》もの間《あいだ》、南朝《なんちょう》と北朝《ほくちょう》が並《なら》び立《た》ち、天皇《てんのう》がふたりいる状《じょう》態《たい》が続《つづ》きました。後醍醐天皇《ごだいごてんのう》は勢力拡大《せいりょくかくだい》を図《はか》り、自分《じぶん》の皇子《おうじ》たちを全国各地《ぜんこくかくち》へと飛《と》ばしたのですが、そのひとりが遠江《とおとうみ》に入《はい》った第《だい》四皇子《おうじ》・宗良親王《むねながしんのう》です。井伊氏《いいし》は宗良親王《むねながしんのう》を支援《しえん》。その動《うご》きを抑《おさ》えるために、尊氏《たかうじ》が遠江《とおとうみ》の守護《しゅご》として派遣《はけん》したのが今川氏《いまがわし》でした。

結果的《けっかてき》に北朝《ほくちょう》が勝利《しょうり》し、南朝《なんちょう》についた井伊氏《いいし》は敗《やぶ》れました。そのときの守護《しゅご》は仁木氏《にきし》でしたが、そののち、今川範国《いまがわのりくに》の息子《むすこ》・範氏《のりうじ》が派遣《はけん》され、今川氏《いまがわし》は駿河《するが》・遠江《とおとうみ》の二国《こく》を治《おさ》めることになったのです。

2　許婚《いいなずけ》・亀之丞《かめのじょう》との別《わか》れ――天文《てんぶん》13年《ねん》（1544年《ねん》）――

秋風《あきかぜ》に乗《の》って、優美《ゆうび》な笛《ふえ》の音《ね》が木々《きぎ》を渡《わた》っていきます。

それはまるで、眼下《がんか》に広《ひろ》がる井伊谷《いいのや》に溶《と》け込《こ》んでいくようでした。

小高《こだか》い丘《おか》の上《うえ》にある井伊谷城《いいのやじょう》の本丸《ほんまる》からは、のどかな田園風景《でんえんふうけい》が見《み》てとれます。

亀之丞《かめのじょう》は一曲吹《いっきょくふ》き終《お》えると、そっと唇《くちびる》を離《はな》しました。

愛用《あいよう》の青葉《あおば》の笛《ふえ》は、黒漆塗《くろうるしぬ》りの仕上《しあ》げで、木漏《こも》れ日《び》を受《う》け、艶《つや》やかに輝《かがや》いています。

「亀之丞《かめのじょう》、上手《じょうず》になったわね」

その声《こえ》に驚《おどろ》き、亀之丞《かめのじょう》が振《ふ》り返《かえ》りますと、許婚《いいなずけ》の祐《ゆう》がいました。

いつのまにかやってきて、笛《ふえ》の音《ね》に耳《みみ》を傾《かたむ》けていたようです。

「祐殿《ゆうどの》、来《き》ていたのですか……って、また供《とも》もなくひとりで出歩《であ》いて！　なにかあったらどうするのです!?」

「なにかあったら——って、なにもないわよ」

祐《ゆう》は軽《かる》く肩《かた》をすくめましたが、亀之丞《かめのじょう》は真剣《しんけん》な顔《かお》で言《い》いました。

「近頃《ちかごろ》は、武田《たけだ》の郎党《ろうとう》が国境《くにざかい》で不穏《ふおん》な動《うご》きをしているという噂《うわさ》です。祐殿《ゆうどの》は井伊宗家《いいそうけ》の大《だい》事《じ》なひとり娘《むすめ》。もっと慎重《しんちょう》になさってください」

笛《ふえ》をほめたのに、亀之丞《かめのじょう》は先《さき》ほどから叱《しか》るばかりです。

祐《ゆう》は、むう、と口《くち》を尖《とが》らせました。

「なんですか、その顔《かお》は」

「だって、同《おな》い年《どし》なのに亀之丞《かめのじょう》のほうが偉《えら》そうなんだもの」

「偉《えら》そうな口《くち》を利《き》くつもりはありません。私《わたし》は祐殿《ゆうどの》の身《み》を案《あん》じて言《い》っているのです」

(結婚《けっこん》したら、ずっとこうなのかしら)

そう思《おも》うと、少《すこ》し窮屈《きゅうくつ》な気《き》もしましたが、嫌《いや》ではありませんでした。どこか、くすぐったいような、そんな照《て》れくさいあたたかさを感《かん》じるからです。

「……ふふ」

祐《ゆう》が思《おも》わず笑《え》みをこぼしますと、今度《こんど》は亀之丞《かめのじょう》が、むっ、とした顔《かお》になりました。

「なにがおかしいのです？　こちらが真面目《まじめ》に話《はな》しているというのに」

「いいえ、別《べつ》に。亀之丞《かめのじょう》は頼《たの》もしいなあ、と思《おも》っただけよ」

「た、頼《たの》もしい？」

亀之丞《かめのじょう》は、たちまち頬《ほお》を赤《あか》く染《そ》めました。

そんな許婚《いいなずけ》の様子《ようす》がおもしろくて、祐《ゆう》は笑《わら》い出《だ》しました。

「やだ、照《て》れてるの？」

「祐殿《ゆうどの》！　からかうのはやめてください！」

「からかってなどいないわ。わたし、好《す》きだもの」

「す、好《す》き!?」

さらに真《ま》っ赤《か》になった亀之丞《かめのじょう》を見《み》て、祐《ゆう》は思《おも》わず、ぷっ、と噴《ふ》き出《だ》しました。

「ええ、亀之丞《かめのじょう》の笛《ふえ》の音《ね》が」

「祐殿《ゆうどの》〜〜っ！」

「でも、本当《ほんとう》のことよ。亀之丞《かめのじょう》も、亀之丞《かめのじょう》の笛《ふえ》の音《ね》も……全部好《ぜんぶす》きだもの」

「祐殿《ゆうどの》……」

祐《ゆう》が照《て》れてうつむいていると、亀之丞《かめのじょう》が笛《ふえ》をそっと撫《な》でて、こう言《い》いました。

「年《とし》が明《あ》ければ、私《わたし》たちもやっと十《とお》を数《かぞ》えます。正月《しょうがつ》の祝《いわ》いに、祐殿《ゆうどの》になにか一曲《いっきょく》、贈《おく》りましょう」

「まあ、本当《ほんとう》に？」

「ええ」

約束《やくそく》します、とうなずいたあと、急《きゅう》に照《て》れくさくなったようで、亀之丞《かめのじょう》はそっぽを向《む》きました。

耳《みみ》まで真《ま》っ赤《か》になっているのを見《み》て、祐《ゆう》は「ふふ」と小《ちい》さく笑《え》みをこぼしました。

けれど、こうして祐《ゆう》と亀之丞《かめのじょう》が仲睦《なかむつ》まじく日々《ひび》を過《す》ごす中《なか》、これをおもしろく思《おも》っていない者《もの》が井伊家中《いいかちゅう》にひとりいました。

筆頭家老《ひっとうがろう》の小野和泉守政直《おののいずみのかみまさなお》です。

小野氏《おのし》は歌人《かじん》としても有名《ゆうめい》な平安時代《へいあんじだい》の公家《くげ》・小野篁《おののたかむら》を祖《そ》とし、和泉守《いずみのかみ》で数《かぞ》えて二十一代目《だいめ》になるという由緒《ゆいしょ》ある家柄《いえがら》です。遠江国豊田郡小野村《とおとうみのくにとよだぐんおのむら》を拠点《きょてん》としていましたが、和泉守《いずみのかみ》の父《ちち》の代《だい》で井伊直平《いいなおひら》の勢力下《せいりょくか》に入《はい》りました。

しかし、和泉守《いずみのかみ》はこれをよしとせず、自分《じぶん》の息子《むすこ》を祐《ゆう》の婿《むこ》に据《す》えることで、井伊谷《いいのや》を牛耳《ぎゅうじ》ろうと企《たくら》んでいたのです。

けれど、それは井伊一族《いいいちぞく》の亀之丞《かめのじょう》が祐《ゆう》と婚約《こんやく》したことにより、思惑《おもわく》が外《はず》れることになってしまったのでした。

(それに、亀之丞《かめのじょう》が井伊宗家《いいそうけ》を継《つ》げば、必然的《ひつぜんてき》に直満《なおみつ》の力《ちから》も増《ま》すことになる……そうなれば腹立《はらだ》たしいこと、この上《うえ》ない)

和泉守《いずみのかみ》は亀之丞《かめのじょう》の父《ちち》・井伊直満《いいなおみつ》(直平《なおひら》の三男《なん》)と仲《なか》が悪《わる》いのです。

そこで、和泉守《いずみのかみ》は、

「井伊家《いいけ》の今後《こんご》を思《おも》うなら、今川《いまがわ》の重臣《じゅうしん》の男子《おのこ》を婿《むこ》にするべきです。今川《いまがわ》も、それが良《よ》いと言《い》ってきております。現《げん》に、直盛様《なおもりさま》の妻《つま》は今川《いまがわ》の重臣《じゅうしん》・新野左馬助親矩殿《にいのさまのすけちかのりどの》の妹君《いもうとぎみ》。そのおかげで今川《いまがわ》との関係《かんけい》も良好《りょうこう》ではございませぬか」

と直盛《なおもり》に強《つよ》く言《い》いましたが、直盛《なおもり》は耳《みみ》を貸《か》そうとしませんでした。

直盛《なおもり》は直盛《なおもり》で、今川《いまがわ》の勢力《せいりょく》がこれ以上《いじょう》、井伊《いい》に入《はい》り込《こ》むのを避《さ》けたかったのです。

「でしたら——」

和泉守《いずみのかみ》はこれまでの主張《しゅちょう》を翻《ひるがえ》し、次《つぎ》にこう言《い》いました。

「わしの息子《むすこ》、政次《まさつぐ》を婿《むこ》にお取《と》りください。それならば、今川《いまがわ》も納得《なっとく》するでしょう」

政次《まさつぐ》は祐《ゆう》よりも少《すこ》し年上《としうえ》で、年齢的《ねんれいてき》にも釣《つ》り合《あ》う、頭《あたま》の切《き》れる少年《しょうねん》です。

しかし、これも直盛《なおもり》は突《つ》っぱねました。

「亀之丞《かめのじょう》を婿《むこ》に取《と》るのは、すでに決《き》まったこと。覆《くつがえ》す気《き》は毛頭《もうとう》ない」

またも思惑《おもわく》の外《はず》れた和泉守《いずみのかみ》は、いったんは引《ひ》き下《さ》がったのですが——。

（どうしたものか——）

と考《かんが》えていたある日《ひ》、こんな噂《うわさ》が耳《みみ》に入《はい》ってきました。

直満《なおみつ》とその弟《おとうと》・直義《なおよし》が軍備《ぐんび》を整《ととの》えているというのです。

それは、どうやら信濃《しなの》と遠江《とおとうみ》の国境《くにざかい》の村《むら》を武田《たけだ》の郎党《ろうとう》がたびたび脅《おびや》かすのを追《お》い返《かえ》すための準備《じゅんび》らしいのですが——。

（ふむ、これは使《つか》える！）

和泉守《いずみのかみ》は直接《ちょくせつ》、駿府《すんぷ》に向《む》かい、今川義元《いまがわよしもと》に目通《めどお》りを願《ねが》い出《で》ると、

「井伊直満《いいなおみつ》と直義《なおよし》のふたりは、今川《いまがわ》に謀反《むほん》を起《お》こす算段《さんだん》をしております」

と、こう讒言《ざんげん》しました。

今《いま》は今川《いまがわ》の配下《はいか》についているとはいえ、井伊家《いいけ》はもともと敵《てき》です。真偽《しんぎ》のほどはともかく、義元《よしもと》は井伊家《いいけ》の勢力《せいりょく》を削《そ》ぐ好機《こうき》と捉《とら》え、「聞《き》き質《ただ》したいことがある」と、すぐに直満《なおみつ》と直義《なおよし》に駿府《すんぷ》に来《く》るよう命《めい》じました。

突然《とつぜん》の召喚《しょうかん》に、

「今川《いまがわ》に謀反《むほん》を起《お》こそうとしたなど、とんでもない誤解《ごかい》だ」

「そうだとも。我《われ》らは武田《たけだ》の脅威《きょうい》から遠江《とおとうみ》を守《まも》ろうとしただけぞ」

と直満《なおみつ》と直義《なおよし》は色《いろ》めき立《た》ちましたが、義元《よしもと》の命《めい》とあれば行《い》かざるを得《え》ません。

(嫌《いや》な予感《よかん》がする……)

叔父《おじ》ふたりを送《おく》りだした直盛《なおもり》は、不安《ふあん》を拭《ぬぐ》いきれませんでした。

今川《いまがわ》が付添人《つきそいにん》として、小野和泉守《おのいずみのかみ》にも来《く》るように言《い》ってきたからです。

その予感《よかん》は的中《てきちゅう》しました。

天文《てんぶん》13年《ねん》（1544年《ねん》）12月《がつ》23日《にち》。

直満《なおみつ》と直義《なおよし》は、駿府《すんぷ》の今川館《いまがわやかた》にて殺《ころ》されてしまい――……。

さらに、ふたりの死《し》を知《し》らせる書状《しょじょう》には、義元《よしもと》の命令《めいれい》としてこうあったのです。

――直満《なおみつ》の子《こ》、亀之丞《かめのじょう》の命《いのち》を取《と》れ、と。


のちのち遺恨《いこん》が残《のこ》らぬよう、子《こ》の命《いのち》を取《と》るのは、戦国《せんごく》の世《よ》では当《あ》たり前《まえ》に行《おこな》われていたことでした。平安《へいあん》の昔《むかし》、平清盛《たいらのきよもり》が源義朝《みなもとのよしとも》の子《こ》・頼朝《よりとも》や義経《よしつね》の命《いのち》を取《と》らなかったばかりに、平家《へいけ》は滅亡《めつぼう》したのです。

（和泉守《いずみのかみ》め……！）

直盛《なおもり》は怒《いか》りに震《ふる》えました。

叔父《おじ》ふたりを殺《ころ》されただけでなく、今度《こんど》は後継《あとつ》ぎの亀之丞《かめのじょう》の命《いのち》も狙《ねら》われているのです。しかし、ここで和泉守《いずみのかみ》を亡《な》き者《もの》にするわけにはいきません。和泉守《いずみのかみ》が不穏《ふおん》な死《し》を遂《と》げれば、今川《いまがわ》は「井伊《いい》には、やはり叛意《はんい》あり」として、全力《ぜんりょく》で井伊《い》を潰《つぶ》しにかかってくるでしょう。

「亀之丞《かめのじょう》の命《いのち》だけは、なんとしても守《まも》らねばならぬ！」

直盛《なおもり》は和泉守《いずみのかみ》に悟《さと》られぬよう、密《ひそ》かに直満《なおみつ》の屋敷《やしき》へ使《つか》いの者《もの》を走《はし》らせました。

「……若様《わかさま》、さあ、これにお入《はい》りください」

直満《なおみつ》の家臣《かしん》・今村藤七郎《いまむらとうしちろう》にそう言《い》われ、亀之丞《かめのじょう》は目《め》を丸《まる》くしました。藤七郎《とうしちろう》が広《ひろ》げたのは、叺《かます》——穀物《こくもつ》などを入《い》れる大《おお》きな藁《わら》の袋《ふくろ》だったからです。しかも、藤七郎《とうしちろう》は顔《かお》を泥《どろ》で汚《よご》し、粗末《そまつ》な着物《きもの》を着《き》ています。

「なにゆえ……」

「事《こと》は一刻《いっこく》を争《あらそ》います。さあ、お早《はや》く！」

「あ、ああ……」

只事《ただごと》ではないと悟《さと》った亀之丞《かめのじょう》は言《い》われるまま、叺《かます》に足《あし》を入《い》れましたが、

「ちょっと待《ま》ってほしい。すぐに戻《もど》るから」

と急《いそ》いで自分《じぶん》の部屋《へや》に向《む》かい、あるものを取《と》ってきました。

青葉《あおば》の笛《ふえ》です。

「若様《わかさま》、窮屈《きゅうくつ》でしょうが、少《すこ》しの間《あいだ》、我慢《がまん》してくだされ」

亀之丞《かめのじょう》が笛《ふえ》を手《て》に叺《かます》に入《はい》りますと、藤七郎《とうしちろう》は袋《ふくろ》の口《くち》を固《かた》く閉《と》じました。

直満《なおみつ》の屋敷《やしき》の周囲《しゅうい》には、和泉守《いずみのかみ》が放《はな》った草《くさ》の者《もの》たちが潜《ひそ》んでいました。その目《め》を欺《あざむ》くため、農民《のうみん》に身《み》をやつした藤七郎《とうしちろう》は叺《かます》を背負《せお》い、昼日中《ひるひなか》に堂々《どうどう》と屋敷《やしき》をあとにしたのです。亀之丞《かめのじょう》は、まだ数《かぞ》えで九《ここの》つ。その華奢《きゃしゃ》な小《ちい》さな身体《からだ》は、すっぽりと袋《ふくろ》の中《なか》に納《おさ》まっています。

そうして、亀之丞《かめのじょう》は井伊谷《いいのや》の西北《せいほく》——黒田郷《くろだごう》に身《み》を隠《かく》しました。

が、すぐに追手《おって》が迫《せま》ったため、12月《がつ》29日《にち》の夜《よる》、夜陰《やいん》に乗《じょう》じて黒田郷《くろだごう》を出《で》て北《きた》へ向《む》かい、渋川《しぶかわ》の東光院《とうこういん》に身《み》を潜《ひそ》めました。

「若様《わかさま》、ご無事《ぶじ》でなによりでございました」

出迎《でむか》えた東光院《とうこういん》の住持《じゅうじ》・能仲和尚《のうちゅうおしょう》が、亀之丞《かめのじょう》の顔《かお》を見《み》るなり、ほっとした顔《かお》をしました。

「ああ……」

亀之丞《かめのじょう》は疲《つか》れた顔《かお》でうなずきました。

今川《いまがわ》の追手《おって》から逃《に》げる間《あいだ》に、父《ちち》の直満《なおみつ》と叔父《おじ》の直義《なおよし》が駿府《すんぷ》で殺《ころ》されたこと、そして自分《じぶん》の命《いのち》も狙《ねら》われていることを藤七郎《とうしちろう》から聞《き》かされていました。

「迷惑《めいわく》をかけてすまないな」

「いえ……迷惑《めいわく》など。若様《わかさま》は井伊家《いいけ》の大事《だいじ》な跡取《あとと》り。お守《まも》りするのは当然《とうぜん》です」

能仲《のうちゅう》は龍泰寺《りょうたいじ》（のちの龍潭寺《りょうたんじ》）の住持《じゅうじ》・南渓瑞聞和尚《なんけいずいもんおしょう》の弟子《でし》です。南渓和尚《なんけいおしょう》は井伊直平《いいなおひら》の次男《じなん》ですので、亀之丞《かめのじょう》の伯父《おじ》にあたります。そうしたつながりから、藤七郎《とうしちろう》は能仲《のうちゅう》を頼《たよ》ったのでした。

「私《わたし》は、どうなるのだろう……。できることなら、今川義元《いまがわよしもと》を討《う》ってやりたいが、それもままならぬ」

亀之丞《かめのじょう》は青葉《あおば》の笛《ふえ》を握《にぎ》り締《し》める、自分《じぶん》の手《て》を見《み》つめました。

武家《ぶけ》の男子《だんし》のならいとして、日頃《ひごろ》から弓《ゆみ》や剣《けん》の腕《うで》を鍛《きた》えてはいますが、まだ幼《おさな》いその手《て》は華奢《きゃしゃ》で小《ちい》さく……。

「黒田郷《くろだごう》を離《はな》れる際《さい》、若様《わかさま》は急《きゅう》な病《やまい》で命《いのち》を落《お》とし、わしもあとを追《お》って自害《じがい》したと、近隣《きんりん》の民《たみ》どもに噂《うわさ》を流《なが》すよう言《い》っておきました。もう安心《あんしん》ですぞ」

けれど、いつまでもここにいるわけにはいきません。

藤七郎《とうしちろう》は密《ひそ》かに東光院《とうこういん》を抜《ぬ》け出《だ》して龍泰寺《りょうたいじ》に行《い》き、南渓和尚《なんけいおしょう》に相談《そうだん》しました。

「このまま遠江《とおとうみ》にいては危《あぶ》ない。信濃《しなの》の伊那谷《いなだに》の松源寺《しょうげんじ》に行《い》くといい。そこは、わしの師《し》である黙宗瑞淵和尚《もくじゅうずいえんおしょう》ゆかりの地《ち》……。さっそく文《ふみ》をしたためよう」

そうして、信濃《しなの》と連絡《れんらく》を取《と》る間《あいだ》、亀之丞《かめのじょう》は東光院《とうこういん》で過《す》ごすことになりました。今川《いまがわ》の追《おっ》手《て》に見《み》つかるとまずいので、大好《だいす》きな笛《ふえ》を吹《ふ》くことはおろか、部屋《へや》の外《そと》に出《で》ることもできません。

三日前《みっかまえ》の26日《にち》、直満《なおみつ》と直義《なおよし》の遺骸《いがい》が井伊谷《いいのや》に戻《もど》ってきたという知《し》らせが届《とど》きましたが、当然《とうぜん》のことながら、亀之丞《かめのじょう》は父《ちち》と叔父《おじ》の死《し》に顔《がお》を見《み》ることは叶《かな》わず、ふたりの冥福《めいふく》を祈《いの》りながら手《て》を合《あ》わせるしかなく……。

悲《かな》しみに暮《く》れる亀之丞《かめのじょう》のもとに、松源寺《しょうげんじ》から受《う》け入《い》れる旨《むね》、連絡《れんらく》がきたのは、まもなく年《とし》が変《か》わるという頃《ころ》でした。

「若様《わかさま》、年《とし》が明《あ》けたら、信濃《しなの》に向《む》かいましょう」

亀之丞《かめのじょう》は、藤七郎《とうしちろう》とふたりでさびしく年《とし》を越《こ》し——。

元旦《がんたん》にはせめてもの祝《いわ》いにと、藤七郎《とうしちろう》があたたかい吸《す》い物《もの》を一椀《ひとわん》、作《つく》ってくれました。

「正月三日《しょうがつみっか》に寺野八幡《てらのはちまん》の三日堂《みっかどう》で、ひよんどりが行《おこな》われます。祭《まつ》りのにぎわいに紛《まぎ》れて、遠江《とおとうみ》を出《で》ましょう」

「……わかった」

亀之丞《かめのじょう》はなぐさみに、青葉《あおば》の笛《ふえ》を手《て》に取《と》り、そっと撫《な》でました。

(正月《しょうがつ》の祝《いわ》いには、祐殿《ゆうどの》のために一曲《いっきょく》、披露《ひろう》することになっていたのにな……)

祐《ゆう》の顔《かお》を思《おも》い出《だ》すと、胸《むね》がつまります。

「藤七郎《とうしちろう》、祐殿《ゆうどの》に文《ふみ》を書《か》きたい。私自身《わたしじしん》の手《て》で、無事《ぶじ》なことを知《し》らせたいのだ」

「それはなりませぬ。その文《ふみ》が、もし今川《いまがわ》に渡《わた》るようなことがあれば、若様《わかさま》の命《いのち》が危《あぶ》なくなります。姫様《ひめさま》にはいずれ、南渓和尚《なんけいおしょう》から若様《わかさま》の無事《ぶじ》が伝《つた》えられましょう」

「……そうか、そうだな」

文《ふみ》を書《か》くことをあきらめ、亀之丞《かめのじょう》はうなずきました。

許婚《いいなずけ》の姫《ひめ》の、芯《しん》の強《つよ》い真《ま》っ直《す》ぐなまなざしをせつなく思《おも》い浮《う》かべ、亀之丞《かめのじょう》は笛《ふえ》をしまいました。


そうして、正月三日《しょうがつみっか》の夜《よる》。

東光院《とうこういん》を出《で》た亀之丞《かめのじょう》、藤七郎《とうしちろう》、能仲《のうちゅう》の三人《にん》は、寺野八幡社《てらのはちまんしゃ》に詣《もう》で、旅《たび》の安全《あんぜん》と井伊家《いいけ》の安泰《あんたい》を祈《いの》りました。

八幡社《はちまんしゃ》を出《で》ると、すぐ近《ちか》くの三日堂《みっかどう》のひよんどり（火踊《ひおど》り）の大《おお》きな松明《たいまつ》が、冬《ふゆ》の夜空《よぞら》の下《した》、赤々《あかあか》と揺《ゆ》れているのが見《み》えました。

「ひよんどりは、五穀豊穣《ごこくほうじょう》、子孫繁栄《しそんはんえい》……そして、人々《ひとびと》の安全《あんぜん》を祈願《きがん》する祭《まつ》りです」

「ほお、これは縁起《えんぎ》がいいな」

「ええ、今日《きょう》の旅立《たびだ》ちは、まさしく吉《きち》。ささ、急《いそ》ぎましょう」

能仲《のうちゅう》を道案内《みちあんない》に立《た》て、亀之丞《かめのじょう》の一行《いっこう》は馬《うま》に揺《ゆ》られ、一路《いちろ》、信濃《しなの》を目指《めざ》します。

人目《ひとめ》につきやすい道《みち》を避《さ》け、険《けわ》しい山道《やまみち》を進《すす》んでいきますと、やがて、シイノと呼《よ》ばれる平地《へいち》に出《で》ました。

「ここは早《はや》く抜《ぬ》けましょう」

「ああ」

藤七郎《とうしちろう》の言葉《ことば》に、亀之丞《かめのじょう》がうなずいたときでした。

……ビュッン！

と空気《くうき》を切《き》り裂《さ》く音《おと》がして、一本《いっぽん》の矢《や》が亀之丞《かめのじょう》の馬《うま》の鞍《くら》に刺《さ》さりました。

今川《いまがわ》の刺客《しかく》が、ここまで追《お》ってきたのです。

「若様《わかさま》!?」

「私《わたし》は無事《ぶじ》だ。先《さき》を急《いそ》ごう！」

ぐずぐずしていたら、第二矢《だいにし》が放《はな》たれるかもしれません。亀之丞《かめのじょう》は暴《あば》れる馬《うま》をなだめつつ、走《はし》り出《だ》しました。能仲《のうちゅう》と藤七郎《とうしちろう》も必死《ひっし》であとに続《つづ》きます。

そうして、ふたたび山道《やまみち》に入《はい》り、それ以上《いじょう》、追手《おって》が迫《せま》る気配《けはい》がないとわかると、三人《にん》は少《すこ》し馬《うま》を休《やす》めることにしました。

「さっきはどうなることかと――」

能仲《のうちゅう》が肝《きも》を冷《ひ》やした、と額《ひたい》の汗《あせ》を拭《ふ》きました。冬《ふゆ》の空気《くうき》は冷《つめ》たいですが、懸命《けんめい》に馬《うま》を走《はし》らせたおかげで全身汗《ぜんしんあせ》まみれです。

「矢《や》が若様《わかさま》にも馬《うま》にも当《あ》たらず、鞍《くら》に当《あ》たったのは、八幡様《はちまんさま》のおかげですな」

「ええ、きっとそうでしょうな。そういえば、この近《ちか》くに大平右近次郎《おいだいらおこのじろう》という弓《ゆみ》の名手《めいしゅ》がいると聞《き》いたことがあります。先《さき》ほどの矢《や》は、その者《もの》が放《はな》ったものかもしれません」

藤七郎《とうしちろう》が思《おも》い出《だ》して言《い》うと、亀之丞《かめのじょう》は首《くび》を傾《かし》げました。

「しかし、そのように腕《うで》の立《た》つ者《もの》が的《まと》を外《はず》すだろうか……」

「二の矢《や》を放《はな》たなかったのは、一の矢《や》で今川《いまがわ》に対《たい》する義理《ぎり》は果《は》たした、ということかもしれませんな」

あくまでも推測《すいそく》ですが、右近次郎《おこのじろう》は心《こころ》から今川《いまがわ》に従《したが》っているわけではないのでしょう。

（今川《いまがわ》のせいで不幸《ふこう》な思《おも》いをしている者《もの》が、ここにもいるということか——）

そのことを胸《むね》に刻《きざ》みつつ、一行《いっこう》は先《さき》を急《いそ》ぎます。

青崩峠《あおくずれとうげ》を越《こ》え、遠江《とおとうみ》を脱《だつ》しようというとき、亀之丞《かめのじょう》は一度《ど》、井伊谷《いいのや》の方角《ほうがく》を振《ふ》り返《かえ》りました。

（祐殿《ゆうどの》……また、いつか）

心《こころ》の中《なか》で許婚《いいなずけ》に別《わか》れを告《つ》げ、亀之丞《かめのじょう》は信濃《しなの》へと逃《のが》れたのです。

亀之丞《かめのじょう》が無事《ぶじ》に信濃《しなの》の松源寺《しょうげんじ》に迎《むか》え入《い》れられた頃《ころ》——。

祐《ゆう》は許婚《いいなずけ》の生死《せいし》もわからぬまま、じっと悲《かな》しみに耐《た》えていました。

亡《な》き大叔父《おおおじ》・直満《なおみつ》の家臣《かしん》の今村藤七郎《いまむらとうしちろう》が亀之丞《かめのじょう》を屋敷《やしき》から逃《に》がした、というところまでは聞《き》いていましたが、その先《さき》、どうなったのかまったくわからなかったのです。

聞《き》こえてきた噂《うわさ》といえば、「亀之丞《かめのじょう》は黒田郷《くろだごう》で急病《きゅうびょう》のために亡《な》くなり、藤七郎《とうしちろう》もあとを追《お》って自害《じがい》した」ということだけでした。

しかし、祐《ゆう》は信《しん》じていませんでした。藤七郎《とうしちろう》が暮《く》れに龍泰寺《りょうたいじ》に出入《でい》りしているのを見《み》たという者《もの》がいたからです。

（亀之丞《かめのじょう》は、きっと無事《ぶじ》でいるはず……）

どこからか青葉《あおば》の笛《ふえ》の音《ね》が聞《き》こえてきやしないかと、祐《ゆう》は時折《ときおり》、耳《みみ》を澄《す》ませ、目《め》を閉《と》じます。

祐《ゆう》にできることは、祈《いの》ること――ただ、それだけだったのです。

❖井伊《いい》は今川《いまがわ》に敵視《てきし》されて当然《とうぜん》だった？❖

今川《いまがわ》の下《した》につくことになった井伊氏《いいし》は、九州《きゅうしゅう》の南朝軍《なんちょうぐん》を攻《せ》めるべく、今川了俊《いまがわりょうしゅん》に従《したが》って、一族《いちぞく》の奥山氏《おくやまし》らとともに九州《きゅうしゅう》へ遠征《えんせい》。17年《ねん》もの長《なが》きに渡《わた》る戦《たたか》いを強《し》いられました。井伊《いい》は最初《さいしょ》、南朝《なんちょう》側《がわ》だったため、最初《さいしょ》に敵《てき》にぶつかる先鋒《せんぽう》――いわゆる弾除《たまよ》けとして使《つか》われた感《かん》があります。そうして、時《とき》は流《なが》れ――京《きょう》で「応仁《おうにん》の乱《らん》」が勃発《ぼっぱつ》。東軍《とうぐん》・西軍《せいぐん》に分《わ》かれて戦《たたか》ったこの戦《いくさ》は、全国各《ぜんこくかく》地《ち》に飛《と》び火《ひ》。東海地方《とうかいちほう》も例外《れいがい》ではなく、井伊《いい》も戦《いくさ》に巻《ま》き込《こ》まれました。この頃《ころ》の駿河《するが》の守護《しゅご》は今《いま》川《がわ》でしたが、遠江《とおとうみ》の守護《しゅご》は斯波《しば》氏《し》でした。今川《いまがわ》は遠江《とおとうみ》を取《と》り戻《もど》そうと東軍《とうぐん》につき、その際《さい》、井伊《いい》は西軍《せいぐん》についた斯波氏《しばし》に味方《みかた》したのです。

遠江《とおとうみ》と、その西《にし》の三河《みかわ》も手《て》に入《い》れようとした今川《いまがわ》は強《つよ》く……斯波氏《しばし》は敗《やぶ》れ、遠江《とおとうみ》を出《で》て行《い》きました。これにより、井伊《いい》はふたたび今川《いまがわ》の支配下《しはいか》に入《はい》ることになったのです。

そのときの井伊家《いいけ》当主《とうしゅ》が直虎《なおとら》の曾祖父《そうそふ》・直平《なおひら》。こうしてみると、今川《いまがわ》が井伊《いい》を警戒《けいかい》し続《つづ》けるのは仕方《しかた》のないことでもあったのです。

薄《うすら》氷《い》の章《しょう》

1　亀之丞《かめのじょう》との再会《さいかい》――弘治元年《こうじがんねん》（1555年《ねん》）――

信濃国《しなののくに》・南伊那《みなみいな》に位置《いち》する市田郷《いちだごう》――。

諏訪湖《すわこ》から南《みなみ》へ流《なが》れる天竜川《てんりゅうがわ》を東西《とうざい》に挟《はさ》む河岸段丘《かがんだんきゅう》に、その地《ち》はあります。

松源寺《しょうげんじ》に匿《かくま》われた亀之丞《かめのじょう》は、天竜川《てんりゅうがわ》の西岸《せいがん》を治《おさ》める国人領主《こくじんりょうしゅ》・松岡貞利《まつおかさだとし》の庇護《ひご》を受《う》け、無事《ぶじ》に暮《く》らしていました。

寺《てら》にいるといっても、亀之丞《かめのじょう》は出家《しゅっけ》したわけではありません。いつの日《ひ》か、井伊谷《いいのや》へ帰《かえ》り、井伊家《いいけ》を継《つ》ぐ日《ひ》が来《く》ると信《しん》じているからです。

亀之丞《かめのじょう》はここで日々《ひび》、学問《がくもん》に励《はげ》み、武芸《ぶげい》も磨《みが》き続《つづ》けました。

そうして、遠江《とおとうみ》を離《はな》れて一年《ねん》が過《す》ぎ、また正月《しょうがつ》がやってきて……昨年《さくねん》と同《おな》じように、正《しょう》月《がつ》の祝《いわ》いに藤七郎《とうしちろう》があたたかい吸《す》い物《もの》を作《つく》り、亀之丞《かめのじょう》に差《さ》し出《だ》しました。

一年前《ねんまえ》のことを思《おも》い出《だ》し、亀之丞《かめのじょう》はつぶやくように言《い》いました。

「私《わたし》はいつ、井伊谷《いいのや》へ帰《かえ》れるのだろうか……」

「若様《わかさま》……」

藤七郎《とうしちろう》は思《おも》い詰《つ》めたような亀之丞《かめのじょう》の顔《かお》を見《み》て、痛《いた》ましく思《おも》いましたが、亀之丞《かめのじょう》を励《はげ》ますため、明《あか》るい声《こえ》を上《あ》げました。

「若様《わかさま》は、宗良親王《むねながしんのう》のお話《はなし》をご存《ぞん》じですよね？」

「ああ、もちろん」

優《すぐ》れた和歌《わか》をたくさん詠《よ》み、歌人《かじん》としても名高《なだか》い宗良親王《むねながしんのう》は、新田義貞《にったよしさだ》や足利尊氏《あしかがたかうじ》とともに鎌倉幕府《かまくらばくふ》を滅《ほろ》ぼした後醍醐《ごだいご》天皇《てんのう》の第《だい》四皇子《おうじ》です。

幕府滅亡後《ばくふめつぼうご》、足利尊氏《あしかがたかうじ》と後醍醐天皇《ごだいごてんのう》が対立《たいりつ》し、南北朝《なんぼくちょう》に分《わ》かれて戦《たたか》ったとき、遠江《とおとうみ》の井伊谷《いのや》に身《み》を寄《よ》せ、父《ちち》・後醍醐天皇《ごだいごてんのう》の南朝《なんちょう》のために戦《たたか》いました。そのとき、親王《しんのう》を助《たす》けたのは、現当主《げんとうしゅ》・直盛《なおもり》から遡《さかのぼ》ること十二代《だい》、第《だい》十代《だい》・行直《ゆきなお》だったといいます。

宗良親王《むねながしんのう》が井伊谷城《いいのやじょう》で暮《く》らしていた頃《ころ》、ある春《はる》の日《ひ》に、遥《はる》か橋本《はしもと》の松原《まつばら》を見渡《みわた》した折《おり》に読《よ》んだ歌《うた》があります。

夕暮《ゆうぐれ》は　みなともそことしらすげの　入海《いりうみ》かけてかすむ松原《まつばら》

(夕暮《ゆうぐ》れは、湊《みなと》もそこだとは知《し》らなさそうに、白菅《しらすげ》の生《は》えた入《い》り江《え》にかけて霞《かす》んでいる松《まつ》原《ばら》だ)

「しらすげ」は「知《し》らずげ」と植物《しょくぶつ》の「白菅《しらすげ》」を掛《か》けている、大変素晴《たいへんすば》らしい歌《うた》です。

この歌《うた》を頭《あたま》の中《なか》で諳《そら》んじ、亀之丞《かめのじょう》は祐《ゆう》とふたりで井伊谷城《いいのやじょう》から最後《さいご》に景色《けしき》を眺《なが》めた日《ひ》のことを思《おも》い出《だ》しました。

(祐殿《ゆうどの》……)

亀之丞《かめのじょう》がうつむいていますと、藤七郎《とうしちろう》はなんとか元気《げんき》を出《だ》してもらおうと、明《あか》るい声《こえ》で続《つづ》けました。

「では、北朝方《ほくちょうがた》に追《お》われた親王《しんのう》が、ここ、伊那《いな》に身《み》を寄《よ》せたのはご存《ぞん》じですか？」

「……ああ、その話《はなし》なら聞《き》いたことがある。香坂高宗《こうさかたかむね》という伊那《いな》の武将《ぶしょう》が長年《ながねん》、親王《しんのう》を支《ささ》えたと」

「宗良親王《むねながしんのう》は北朝《ほくちょう》を倒《たお》すことはできませんでしたが、各地《かくち》を転戦《てんせん》されたのち、南朝《なんちょう》の吉野《よしの》の朝廷《ちょうてい》に戻《もど》られました……。命《いのち》さえあれば、いつかはなつかしい人々《ひとびと》に会《あ》うことも叶《かな》いましょう」

「しかし、宗良親王《むねながしんのう》が吉野《よしの》に戻《もど》られたのは、三十六年《ねん》ぶりだったというぞ。私《わたし》はそんなに長《なが》い間《あいだ》、井伊谷《いいのや》に戻《もど》れないのは嫌《いや》だ。藤七郎《とうしちろう》、いつになったら戻《もど》れるのだ？　南渓和尚《なんけいおしょう》からはなにも言《い》ってこないのか？」

亀之丞《かめのじょう》が詰《つ》め寄《よ》りますと、藤七郎《とうしちろう》は困《こま》った顔《かお》でうつむきました。

「小野和泉守《おののいずみのかみ》の目《め》があるうちは、厳《きび》しいかと……」

「……困《こま》らせて悪《わる》かった」

食事《しょくじ》を済《す》ませると、亀之丞《かめのじょう》は外《そと》に出《で》て、天竜川《てんりゅうがわ》のほとりに行《い》きました。

（この川《かわ》は遠江《とおとうみ》へと流《なが》れている……。どうか、私《わたし》の想《おも》いを祐殿《ゆうどの》に届《とど》けてほしい）

そう願《ねが》いながら、亀之丞《かめのじょう》は青葉《あおば》の笛《ふえ》に唇《くちびる》をあてました。

物悲《ものがな》しい音色《ねいろ》は、寒風《かんぷう》吹《ふ》きすさぶ川面《かわも》を渡《わた》っていきました。

しばらくしてから、祐《ゆう》は父《ちち》・直盛《なおもり》から亀之丞《かめのじょう》が無事《ぶじ》に信濃《しなの》へ逃《のが》れたということを聞《き》かされました。

が、二年《ねん》経《た》っても三年《ねん》経《た》っても、亀之丞《かめのじょう》は井伊谷《いいのや》へ戻《もど》ってくることはありませんでした。

家老《かろう》の小野和泉守政直《おのいずみのかみまさなお》が、相変《あいか》わらず力《ちから》を持《も》っていたからです。

(和泉守《いずみのかみ》がいる限《かぎ》り、亀之丞《かめのじょう》は帰《かえ》って来《こ》られないのだわ)

そう思《おも》うと、和泉守《いずみのかみ》が忌々《いまいま》しくてなりません。

しかも、近頃《ちかごろ》は和泉守《いずみのかみ》の息子《むすこ》・小野但馬守政次《おのたじまのかみまさつぐ》が「きれいな花《はな》を摘《つ》んだので」とか「美《うつく》しい細工《さいく》の櫛《くし》を見《み》つけたので」とか、なにかにつけて贈《おく》り物《もの》を持《も》って、祐《ゆう》を訪《たず》ねてきます。

好《す》きでもない男《おとこ》からの贈《おく》り物《もの》など、迷惑以外《めいわくいがい》の何物《なにもの》でもありません。

「なにもいりません。帰《かえ》ってください」

祐《ゆう》は、こうしてきっぱりと断《ことわ》るのですが、

「姫《ひめ》は照《て》れていらっしゃるのですね。そんなところも、またかわいらしいですな」

と、政次《まさつぐ》にはいつもかわされてしまいます。

(照《て》れているとか、かわいらしいとか……そんなこと、ひとつっつ……つも思《おも》っていないくせに！)

政次《まさつぐ》は父《ちち》の和泉守《いずみのかみ》に言《い》われて、祐《ゆう》に取《と》り入《い》ろうとしているだけです。目《め》を見《み》ればわかります。心《こころ》にもないことを口《くち》にしているので、目《め》が笑《わら》っていないのです。

(そのうち飽《あ》きて、あきらめてくれるといいのだけど)

けれど、和泉守《いずみのかみ》と政次《まさつぐ》の親子《おやこ》はあきらめることなく、

「このところ、うちの政次《まさつぐ》と姫《ひめ》は大変仲《たいへんなか》が良《よ》いと聞《き》きます。政次《まさつぐ》は姫《ひめ》と一緒《いっしょ》になれるなら、小野家《おのけ》を出《で》て井伊家《いいけ》の婿《むこ》に入《はい》ってもいいとまで言《い》っています。どうですかな、井伊家安泰《いいけあんたい》のためにも、いい縁談《えんだん》だと思《おも》うのですが」

このように、筆頭家老《ひっとうがろう》として「井伊家《いいけ》の行《ゆ》く末《すえ》を心配《しんぱい》している」という体裁《ていさい》を取《と》りつつ、

縁談《えんだん》を迫《せま》ってくるようになったのです。

そうしているうちに、家臣《かしん》の中《なか》からも、

「亀之丞様《かめのじょうさま》が戻《もど》って来《こ》られないのなら、それがいちばん良《よ》いのでは？」

という意見《いけん》も出《で》てくるようになり……。

(このままでは、政次《まさつぐ》と結婚《けっこん》させられてしまう！　こうなれば——)

思《おも》い余《あま》った祐《ゆう》は龍泰寺《りょうたいじ》に走《はし》り、大叔父《おおおじ》の南渓和尚《なんけいおしょう》に相談《そうだん》することにしました。


「大叔父上《おおおじうえ》、わたしは出家《しゅっけ》することに決《き》めました」

「祐《ゆう》よ、突然《とつぜん》なにを——」

いきなり訪《たず》ねてきたかと思《おも》えば、突拍子《とっぴょうし》もないことを口《くち》にしたので、南渓《なんけい》は目《め》を丸《まる》くしつつ、まずは落《お》ち着《つ》くように言《い》いました。

「仏《ほとけ》の道《みち》は厳《きび》しいぞ。それに、そちが出家《しゅっけ》せねばならない理由《りゆう》が、いったいどこにあるというのだ」

「理由《りゆう》ならあります。わたしは亀之丞《かめのじょう》以外《いがい》の男子《おのこ》と一緒《いっしょ》になるのが嫌《いや》なのです」

「だからといって、出家《しゅっけ》とは……」

「このままでは、あの忌々《いまいま》しい和泉守《いずみのかみ》の息子《むすこ》と結婚《けっこん》させられてしまいます。そうでなくても、今川《いまがわ》の重臣《じゅうしん》の息子《むすこ》との縁談《えんだん》も持《も》ち上《あ》がるかもしれません」

「父上《ちちうえ》も母上《ははうえ》も、承知《しょうち》だろうな？」

そうではない――とわかりつつ南渓《なんけい》が訊《き》きますと、祐《ゆう》は目《め》を逸《そ》らしました。

「……――」

「……やはりな。仮《かり》にもそちは井伊宗家《いいそうけ》の姫《ひめ》。勝手《かって》な真似《まね》は許《ゆる》されぬぞ」

「それは、わかっています」

そう言《い》って、祐《ゆう》は強《つよ》い目《め》で南渓《なんけい》を見《み》つめ返《かえ》しました。

「わかっているから、大叔父上《おおおじうえ》にこうして頼《たの》んでいるのです。今《いま》の井伊家《いいけ》には、今川《いまがわ》の要求《ようきゅう》を撥《は》ねつける力《ちから》はありません。それがあったら、直満様《なおみつさま》や直義様《なおよしさま》は死《し》ぬことはなかった！」

祐《ゆう》の目《め》に悔《くや》し涙《なみだ》がにじみ……。

それを見《み》て、南渓《なんけい》は心《こころ》を打《う》たれました。

南渓《なんけい》は直平《なおひら》の養子《ようし》なので、今川《いまがわ》に殺《ころ》されたふたりの弟《おとうと》――直満《なおみつ》と直義《なおよし》とは血《ち》のつながりはありませんが、義理《ぎり》とはいえ兄弟《きょうだい》です。今川《いまがわ》に対《たい》して憤《いきどお》りを抱《いだ》き、悔《くや》しく思《おも》う気持《きも》ちは祐《ゆう》に負《ま》けません。

(祐《ゆう》は祐《ゆう》なりに、今川《いまがわ》の力《ちから》が井伊《いい》に及《およ》ぶのを避《さ》けようとしているのだな)

そう考《かんが》えると、いじらしく思《おも》えてきます。

まだ十二、三歳《さい》の少女《しょうじょ》が、必死《ひっし》に頭《あたま》を絞《しぼ》り、たどり着《つ》いたのが、出家《しゅっけ》の道《みち》だったのです。

「……わかった。そちの願《ねが》い、この老《お》いぼれが、しかと受《う》け止《と》めたぞ」

南渓《なんけい》はうなずき、密《ひそ》かに井伊谷城《いいのやじょう》へ使《つか》いの者《もの》を出《だ》しました。

小野和泉守《おののいずみのかみ》が知《し》れば、邪魔《じゃま》に入《はい》るやもしれません。それを避《さ》けるためです。

かくして――。

知《し》らせを聞《き》いた父《ちち》・直盛《なおもり》と母《はは》・椿《つばき》があわてて龍泰寺《りょうたいじ》へとやってきました。

「出家《しゅっけ》など許《ゆる》すわけにはいかぬ。考《かんが》え直《なお》せ」

「そうよ、亀之丞《かめのじょう》が戻《もど》ってきたら、出家《しゅっけ》の身《み》では一緒《いっしょ》になれませんよ？　それでもいいのですか？」

「では、聞《き》きますが……亀之丞《かめのじょう》はいつ戻《もど》ってくるのです？」

「それは……」

直盛《なおもり》と椿《つばき》は困《こま》った顔《かお》で、互《たが》いを見《み》ました。

後継《あとつ》ぎと定《さだ》めた亀之丞《かめのじょう》の帰還《きかん》は、皆《みな》の願《ねが》いでもあります。

けれど、そう簡単《かんたん》に呼《よ》び戻《もど》すことはできないのです。

「では、せめて……尼《あま》の名前《なまえ》をつけるのだけはやめてちょうだい」

「なぜですか？　わたしは御仏《みほとけ》に尽《つ》くすと決《き》めたのですよ」

「尼《あま》になれば、亀之丞《かめのじょう》が戻《もど》ってきても一緒《いっしょ》にはなれませんよ？　いつでも還俗《げんぞく》できるようにしておかねば困《こま》るでしょう？」

「母上《ははうえ》はわたしに中途半端《ちゅうとはんぱ》な気持《きも》ちで御仏《みほとけ》に仕《つか》えよ、というのですか」

「そうではありません」

母《はは》と娘《むすめ》の言《い》い合《あ》いに、今度《こんど》は直盛《なおもり》が割《わ》って入《はい》ります。

「おまえは井伊宗家《いいそうけ》の姫《ひめ》。家《いえ》のことも考《かんが》えろ。和泉守《いずみのかみ》の息子《むすこ》との縁談《えんだん》が嫌《いや》だというだけのわがままを認《みと》めるわけにはいかぬぞ」

「父上《ちちうえ》、井伊家《いいけ》のことを思《おも》うからこそ、わたしは決《き》めたのです！」

「井伊家《いいけ》のため？　どこがだ？　わからぬ娘《むすめ》だな」

「わからないのはどちらです⁉」

「いい加減《かげん》にせい！」

南渓《なんけい》は直盛夫妻《なおもりふさい》を見《み》て、先《さき》ほどの祐《ゆう》の考《かんが》えを話《はな》しました。

「和泉守《いずみのかみ》は井伊家《いいけ》を乗《の》っ取《と》ろうと考《かんが》えておる。息子《むすこ》が入《い》り婿《むこ》になり、祐《ゆう》が男子《おのこ》を産《う》めば、堂々《どうどう》とその後見《こうけん》になることができる。今川《いまがわ》の重臣《じゅうしん》の息子《むすこ》を押《お》し付《つ》けられても同《おな》じことになるだろう。平安《へいあん》の昔《むかし》、藤原道長《ふじわらのみちなが》もそうして朝廷《ちょうてい》を操《あやつ》ったではないか」

「ですが……」

理屈《りくつ》はわかりますが、直盛《なおもり》は納得《なっとく》がいかないようでした。かわいいひとり娘《むすめ》を、尼《あま》にしたくないのです。

「それにな、こうは考《かんが》えられぬか？　祐《ゆう》が出家《しゅっけ》すれば、今川《いまがわ》や和泉守《いずみのかみ》は、〝亀之丞《かめのじょう》は本当《ほんとう》に死《し》んだ〟と思《おも》うじゃろう」

「なるほど……」

直盛《なおもり》は南渓《なんけい》の考《かんが》えに、うなりました。

祐《ゆう》が出家《しゅっけ》したとなれば、「亡《な》き許婚《いいなずけ》の菩提《ぼだい》を弔《とむら》うため」と思《おも》わせることができ、亀之丞《かめのじょう》の身《み》の安全《あんぜん》につながります。祐《ゆう》の尼姿《あますがた》は、これ以上《いじょう》ない説得力《せっとくりょく》があるでしょう。

すると、椿《つばき》が涙《なみだ》を流《なが》し、袖《そで》で顔《かお》を覆《おお》いました。

「……祐《ゆう》、なんと不憫《ふびん》な……。あんなことにならなければ、あと二、三年《ねん》もすれば、亀之《かめの》丞《じょう》と無事《ぶじ》に祝言《しゅうげん》を挙《あ》げられたのに……」

「母上《ははうえ》……」

母《はは》の涙《なみだ》を見《み》て、頑固《がんこ》な祐《ゆう》もさすがに胸《むね》が痛《いた》くなりました。

と――南渓《なんけい》が、こう提案《ていあん》してきました。

「祐《ゆう》に尼《あま》の名前《なまえ》はつけぬ。『次郎法師《じろうほうし》』と名乗《なの》るがよい」

「次郎法師《じろうほうし》？」

親子《おやこ》三人《にん》が目《め》を丸《まる》くしますと、南渓《なんけい》は「うむ」とうなずきました。

「井伊宗家《いいそうけ》の跡取《あとと》りは『次郎《じろう》』を名乗《なの》るのが通例《つうれい》。それに僧体《そうたい》を表《あらわ》す『法師《ほうし》』をつけた。

これならいざとなれば、還俗《げんぞく》できる。どうじゃ?」

南渓《なんけい》は祐《ゆう》の気持《きも》ちと両親《りょうしん》の気持《きも》ち、その両方《りょうほう》を汲《く》んだのです。

「わかりました、次郎法師《じろうほうし》と名乗《なの》りましょう」

そう簡単《かんたん》に還俗《げんぞく》する気《き》はありませんが、両親《りょうしん》に認《みと》めてもらえなければ出家《しゅっけ》できません。

南渓《なんけい》の計《はか》らいに感謝《かんしゃ》し、祐《ゆう》は髪《かみ》を下《お》ろしました。


それから、月日《つきひ》は流《なが》れ――。

亀之丞《かめのじょう》が井伊谷《いいのや》を出《で》てから十年《ねん》が経《た》ちました。

十歳《さい》の正月《しょうがつ》に信濃《しなの》に落《お》ち延《の》びたので、今頃《いまごろ》は二十歳《はたち》の立派《りっぱ》な青年《せいねん》になっているはずです。

この十年《ねん》の間《あいだ》、祐《ゆう》は南渓《なんけい》の元《もと》で修業《しゅぎょう》に励《はげ》み、日々《ひび》、亀之丞《かめのじょう》の無事《ぶじ》を祈《いの》っておりました。

亀之丞《かめのじょう》と最後《さいご》に会《あ》ったのが、九歳《さい》の冬《ふゆ》。

記憶《きおく》の中《なか》の亀之丞《かめのじょう》の顔《かお》は、もうおぼろげで、思《おも》い出《だ》すのも難《むずか》しくなっています。

(不思議《ふしぎ》ね……。顔《かお》も声《こえ》もうまく思《おも》い出《だ》せないのに、愛《いと》しさだけが募《つの》っていくなんて)

それはもしかしたら、最後《さいご》に聴《き》いた笛《ふえ》の音《ね》が、鮮明《せんめい》に耳《みみ》の奥《おく》に残《のこ》っているからかもしれません。

しかし、祐《ゆう》はただ祈《いの》っていたわけではありません。

書物《しょもつ》を読《よ》み、南渓《なんけい》や周《まわ》りの修行僧《しゅぎょうそう》たちとの禅問答《ぜんもんどう》を通《とお》して、さまざまな考《かんが》え方《かた》を学《まな》び、人間《にんげん》としての厚《あつ》みも深《ふか》みも増《ま》していったのです。

このように、祐《ゆう》が徳《とく》を積《つ》むことに喜《よろこ》びを得《え》ていくようになっていた頃《ころ》、事態《じたい》が急変《きゅうへん》しました。

天文《てんぶん》23年《ねん》(1554年《ねん》)8月《がつ》27日《にち》、小野和泉守《おののいずみのかみ》が亡《な》くなったのです。

「これで亀之丞《かめのじょう》を呼《よ》び戻《もど》せるぞ」

直盛《なおもり》はさっそく信濃《しなの》に使《つか》いを走《はし》らせると同時《どうじ》に、今川義元《いまがわよしもと》に亀之丞《かめのじょう》を後継《あとつ》ぎとして迎《むか》えたい旨《むね》、申《もう》し出《で》ました。井伊《いい》の主君《しゅくん》である今川《いまがわ》の許《ゆる》しなく戻《もど》すわけにはいかないからです。

「死《し》んだものと思《おも》っておりましたが、生《い》きておりました。かくなる上《うえ》は、亀之丞《かめのじょう》を養子《ようし》に迎《むか》え、家督《かとく》を継《つ》がせたく……。井伊《いい》には後《あと》を継《つ》ぐにふさわしい男子《おのこ》が、ほかにおらぬのです。亀之丞《かめのじょう》が戻《もど》りましたら、義元様《よしもとさま》の恩義《おんぎ》に報《むく》いるため、一所懸命《いっしょけんめい》に仕《つか》えることでしょう」

直盛《なおもり》や直平《なおひら》は何度《なんど》も駿府《すんぷ》に赴《おもむ》き、義元《よしもと》に訴《うった》え出《で》ました。

（井伊《いい》は信用《しんよう》ならぬが、後継《あとつ》ぎの者《もの》に恩《おん》を着《き》せるのも悪《わる》くない。役《やく》に立《た》つというのなら、存分《ぞんぶん》に働《はたら》いてもらおう）

「わかった。亀之丞《かめのじょう》を井伊《いい》の後継《あとつ》ぎと認《みと》めよう。すぐに呼《よ》び戻《もど》すがよい」

こうして、今川義元《いまがわよしもと》の許《ゆる》しを得《え》て――翌年《よくとし》の天文《てんぶん》23年《ねん》（1555年《ねん》）2月《がつ》、亀之丞《かめのじょう》は遠江《とおとうみ》へ帰《かえ》ってきました。

十一年《ねん》ぶりの帰郷《ききょう》です。

「藤七郎《とうしちろう》、これまですまなかったな」

「……とんでもございませぬ。若様《わかさま》こそ、長年《ながねん》よくぞ耐《た》えられました」

亀之丞《かめのじょう》と藤七郎《とうしちろう》は涙《なみだ》を流《なが》し、互《たが》いの苦労《くろう》を偲《しの》びました。

「しかし、井伊谷《いいのや》に帰《かえ》る前《まえ》に、やらねばならぬことがある。藤七郎《とうしちろう》、今《いま》しばらく辛抱《しんぼう》してくれ」

ふたりはシイノで矢《や》を放《はな》った大平右近次郎《おいだいらおこのじろう》を探《さが》し、これを成敗《せいばい》しました。井伊家《いいけ》の家督《かとく》を継《つ》ぐ身《み》として、受《う》けた屈辱《くつじょく》を晴《は》らしておく必要《ひつよう》があったからです。

そうして、亀之丞《かめのじょう》たちは一《いっ》か月《げつ》ほど渋川《しぶかわ》に滞在《たいざい》したあと、3月《がつ》3日《か》、ようやく井伊谷《いいのや》に入《はい》りました。

「井伊谷《いいのや》は変《か》わらぬな」

「ええ、なつかしゅうございます」

亀之丞《かめのじょう》は寺野八幡社《てらのはちまんしゃ》に立《た》ち寄《よ》り、無事《ぶじ》のお礼《れい》にと青葉《あおば》の笛《ふえ》を奉納《ほうのう》しました。

井伊谷《いいのや》へ戻《もど》ってきたふたりを当主《とうしゅ》の直盛《なおもり》、直平《なおひら》、南渓和尚《なんけいおしょう》、祐《ゆう》らをはじめ、一族総出《いちぞくそうで》で出迎《でむか》えました。

「亀之丞《かめのじょう》、大《おお》きくなったな」

「うむ、見違《みちが》えたぞ」

信濃《しなの》での歳月《さいげつ》は、亀之丞《かめのじょう》を大《おお》きく成長《せいちょう》させていました。

あどけなさが抜《ぬ》け、凜々《りり》しく、たくましい若者《わかもの》になっていたのです。

家中《かちゅう》の皆《みな》が無事《ぶじ》を喜《よろこ》ぶ中《なか》、祐《ゆう》と亀之丞《かめのじょう》は、相対《あいたい》したとき、お互《たが》い、ぎこちない微笑《ほほえ》みを浮《う》かべました。

「出家《しゅっけ》されたのですね……」

亀之丞《かめのじょう》は尼僧《にそう》の姿《すがた》をした祐《ゆう》を見《み》て、沈《しず》んだ顔《かお》になりました。

「ええ……今《いま》は、次郎法師《じろうほうし》と名乗《なの》っております」

「出家《しゅっけ》したのは、私《わたし》が戻《もど》れなかったせいですよね……？」

「いえ――」

違《ちが》います、と言《い》いかけて、

「あなたが死《し》んだと思《おも》ったから」

と心《こころ》にもないことを口《くち》にして、祐《ゆう》は顔《かお》を逸《そ》らし、踵《きびす》を返《かえ》しました。

亀之丞《かめのじょう》が祐《ゆう》に対《たい》して、すまない、と思《おも》っているのは痛《いた》いほど伝《つた》わってきました。

（きっと、傷《きず》つけた……）

けれど、祐《ゆう》もまた傷《きず》ついていました。

亀之丞《かめのじょう》は幼《おさな》い女《おんな》の子《こ》をひとり、連《つ》れて帰《かえ》ってきたのです。

信濃《しなの》に身《み》を潜《ひそ》めている間《あいだ》に、土地《とち》の代官《だいかん》の娘《むすめ》と結《むす》ばれ、男女《だんじょ》ひとりずつ子《こ》を授《さず》かったのですが、妻《つま》と息子《むすこ》は信濃《しなの》に残《のこ》し、娘《むすめ》は亀之丞《かめのじょう》が引《ひ》き取《と》ったといいます。

妻《つま》を連《つ》れてこなかったのは、『今川仮名目録《いまがわかなもくろく》』の「他国《たこく》の者《もの》との私的《してき》な婚姻《こんいん》を禁止《きんし》する」という条文《じょうぶん》に違反《いはん》するからでした。

（いつ帰《かえ》れるかわからなかったし、もしかしたら、一生《いっしょう》、信濃《しなの》にいたかもしれない。だから、その土地《とち》の誰《だれ》かと結婚《けっこん》してもおかしくなかったのだわ）

祐《ゆう》は自分《じぶん》の部屋《へや》に飛《と》び込《こ》み、声《こえ》を殺《ころ》して泣《な》きました。

❖もうひとつの井伊《いい》家《け》❖

いつ井伊谷《いいのや》に戻《もど》れるかわからない状況《じょうきょう》の中《なか》、直親《なおちか》（亀之丞《かめのじょう》）が信濃《しなの》で結婚《けっこん》するのは、自然《しぜん》な流《なが》れでした。直親《なおちか》は土地《とち》の代官《だいかん》・塩沢《しおざわ》氏《し》の娘《むすめ》と結婚《けっこん》し、一男《なん》一女《じょ》をもうけたのです。

娘《むすめ》は井伊谷《いいのや》に連《つ》れて戻《もど》り、長《ちょう》じて井伊《いい》家《け》の家臣《かしん》に嫁《とつ》ぎましたが、信濃《しなの》に妻《つま》とともに置《お》いていかれた息子《むすこ》――吉之助《よしのすけ》は母《はは》の実家《じっか》・塩沢《しおざわ》氏《し》のもとで暮《く》らしました。

直親《なおちか》は信濃《しなの》を離《はな》れる際《さい》、吉之助《よしのすけ》に元服《げんぷく》後《ご》の名前《なまえ》「吉直《よしなお》」と我《わ》が子《こ》の証《あかし》として一振《ひとふ》りの短刀《たんとう》を残《のこ》していきました。それは今《いま》でも家宝《かほう》として塩沢《しおざわ》氏《し》に伝《つた》わっているそうです。

吉直《よしなお》の子孫《しそん》は、やがて商人《しょうにん》として身《み》を起《お》こし、麹屋《こうじや》を開業《かいぎょう》。その際《さい》、井伊《いい》氏《し》を名乗《なの》るようになり、江戸《えど》時代《じだい》、飯田《いいだ》藩御《はんご》用達《ようたし》として栄《さか》えたとか。

ちなみに、直親《なおちか》が遠江《とおとうみ》に戻《もど》ってきた際《さい》、お礼《れい》に奉納《ほうのう》した「青葉《あおば》の笛《ふえ》」も現存《げんぞん》します。専門家《せんもんか》の鑑定《かんてい》では、かなり使《つか》い込《こ》まれた笛《ふえ》だそうで、直親《なおちか》が故郷《こきょう》を偲《しの》び、笛《ふえ》の音《ね》になぐさめられていた様子《ようす》がうかがえます。

2 桶狭間《おけはざま》の戦《たたか》いにて、父《ちち》・直盛《なおもり》が戦死《せんし》する
――永禄《えいろく》3年《ねん》（1560年《ねん》）――


亀之丞《かめのじょう》はすぐに元服《げんぷく》し、名《な》を直親《なおちか》と改《あらた》めました。

そうして、かねてからの約束《やくそく》どおり直盛《なおもり》の養子《ようし》となって井伊宗家《いいそうけ》を継《つ》ぐことになり――。

直盛《なおもり》はもちろん、ひとり娘《むすめ》・祐《ゆう》の還俗《げんぞく》を願《ねが》いました。

「直親《なおちか》は今《いま》は独《ひと》り身《み》。おまえが意地《いじ》を張《は》る必要《ひつよう》はどこにもない。俗世《ぞくせ》に戻《もど》って、夫婦《めおと》になれ」

けれど、祐《ゆう》は首《くび》を縦《たて》には振《ふ》りません。

「わたしと一緒《いっしょ》にならずとも、亀之丞《かめのじょう》……いえ、直親殿《なおちかどの》は父上《ちちうえ》の養子《ようし》となり、井伊家《いいけ》を継《つ》ぐ身《み》となりました。それでいいではないですか」

「わしは、おまえと直親《なおちか》の間《あいだ》に生《う》まれる男子《おのこ》がほしいのだ」

「結婚《けっこん》しても男子《おのこ》を産《う》めるとは限《かぎ》りませぬ」

「おまえが嫌《いや》だというなら、他《ほか》の女子《おなご》を嫁《よめ》に迎《むか》えるが……それでもいいのか？」

胸《むね》の奥《おく》に、ちりり、と小《ちい》さな痛《いた》みが走《はし》りました。

ですが、それを顔《かお》に出《だ》さず、祐《ゆう》はきっぱりと言《い》いました。

「構《かま》いません。それが井伊《いい》のためなら、そうしてください」


直盛《なおもり》と直平《なおひら》は一族《いちぞく》の者《もの》たちと相談《そうだん》し、直親《なおちか》の嫁《よめ》を決《き》めました。

親戚衆《しんせきしゅう》のひとり、奥山朝利《おくやまともとし》の娘《むすめ》・小夜《さよ》です。

奥山朝利《おくやまともとし》は直親《なおちか》の元服《げんぷく》の際《さい》、烏帽子親《えぼしおや》を務《つと》めたこともあり、直親《なおちか》の後《うし》ろ盾《だて》としても充分《じゅうぶん》頼《たよ》りになる人物《じんぶつ》でした。

祝言《しゅうげん》の席《せき》には、もちろん祐《ゆう》もいました。

凜々《りり》しい直親《なおちか》の隣《となり》で、花嫁衣装《はなよめいしょう》に身《み》を包《つつ》んだ小夜《さよ》は恥《は》ずかしそうにうつむいたままです。

(小夜《さよ》なら慎《つつ》ましく妻《つま》の務《つと》めを果《は》たしていくでしょう……。お似合《にあ》いのふたりだわ)

祐《ゆう》は自分《じぶん》に言《い》い聞《き》かせるようにそう思《おも》い、自分《じぶん》が直親《なおちか》の隣《となり》に座《すわ》っている姿《すがた》を想像《そうぞう》しないようにしました。

また、小夜《さよ》のほうも祐《ゆう》と目《め》を合《あ》わせないようにしているようでした。井伊《いい》の姫《ひめ》を差《さ》し置《お》いて、自分《じぶん》が嫁《か》すことになったことを素直《すなお》には喜《よろこ》べないのでしょう。

直親《なおちか》もまた、祐《ゆう》を見《み》ることはありませんでした。

（私《わたし》が自分《じぶん》の無事《ぶじ》を知《し》らせていれば……祐殿《ゆうどの》は出家《しゅっけ》などせずに済《す》んだのではないか。そうすれば、昔《むかし》からの約束《やくそく》どおり、私《わたし》は祐殿《ゆうどの》と夫婦《めおと》になれていたはず……）

しかし、時間《じかん》を巻《ま》き戻《もど》すことはできません。

祐《ゆう》と直親《なおちか》は、すれ違《ちが》ったまま……。

皮肉《ひにく》にも、義兄妹《ぎきょうだい》というかたちに収《おさ》まったのです。

直親《なおちか》の家老《かろう》には、亡《な》き和泉守《いずみのかみ》の次男《じなん》・小野玄蕃《おののげんば》が就《つ》きました。

井伊家筆頭家老《いいけひっとうがろう》の座《ざ》は長男《ちょうなん》の政次《まさつぐ》が継《つ》いだので、次代《じだい》の直親《なおちか》には次男《じなん》をそばにつけたのです。ちなみに、玄蕃《げんば》の妻《つま》は小夜《さよ》の姉《あね》です。和泉守《いずみのかみ》が亡《な》くなったとはいえ、小野家《おのけ》は未《いま》だに井伊家《いいけ》には無視《むし》できない存在《そんざい》でした。

直親《なおちか》と小夜《さよ》の夫婦《ふうふ》は、祝田《ほうだ》というところに屋敷《やしき》を建《た》て、そこに住《す》むことになりました。

祝田《ほうだ》は井伊谷《いいのや》から曳馬《ひくま》方面《ほうめん》へ向《む》かう峠《とうげ》を越《こ》え、都田川《みやこだがわ》を渡《わた》ったところにあるので、井伊《いいの》谷《や》の入《い》り口《ぐち》にあたります。

つまり、直親《なおちか》はこの周辺《しゅうへん》の有力《ゆうりょく》な親戚衆《しんせきしゅう》や土豪《どごう》たちを束《たば》ねる役目《やくめ》を負《お》ったのです。

そうして、瞬《またた》く間《ま》に五年《ねん》の歳月《さいげつ》が流《なが》れました。

平穏《へいおん》な日々《ひび》を送《おく》る中《なか》で、直盛《なおもり》にはやきもきしていることがひとつありました。

直親《なおちか》と小夜《さよ》の間《あいだ》に、なかなか子《こ》ができないのです。

（男子《おのこ》を生《な》してくれなければ困《こま》る。いつまでもできぬようなら、なんとしても祐《ゆう》を還俗《げんぞく》させ、婿《むこ》を取《と》ることを考《かんが》えねばならぬかもしれない）

直盛《なおもり》が井伊家《いいけ》当主《とうしゅ》として憂《うれ》えているように、直親夫婦《なおちかふうふ》も当然《とうぜん》、子《こ》ができぬことを悩《なや》んでいました。

永禄《えいろく》3年《ねん》（1560年《ねん》）の元旦《がんたん》。

直親《なおちか》と小夜《さよ》は龍泰寺《りょうたいじ》を参詣《さんけい》し、観音菩薩《かんのんぼさつ》に祈願《きがん》しました。

「井伊宗家《いいそうけ》の後継《あとつ》ぎにふさわしい男子《おのこ》を、どうか授《さず》かりますように」

これには、南渓和尚《なんけいおしょう》と祐《ゆう》も参加《さんか》しました。

（井伊家《いいけ》のために、直親殿《なおちかどの》と小夜殿《さよどの》のために、どうか男子《おのこ》を……）

そして――。

皆《みな》で祈願《きがん》した甲斐《かい》あってか、その年《とし》の5月《がつ》、小夜《さよ》が懐妊《かいにん》したことがわかりました。

この知《し》らせに、いちばん喜《よろこ》んだのは後継《あとつ》ぎの誕生《たんじょう》を願《ねが》っていた直盛《なおもり》でした。

「うむ、男子《おのこ》じゃ、間違《まちが》いない！」

「父上《ちちうえ》、まだ男子《おのこ》と決《き》まったわけではないですよ」

喜《よろこ》ぶ直盛《なおもり》を、祐《ゆう》がたしなめます。

「いいや、男子《おのこ》で間違《まちが》いない！　まずは男子《おのこ》じゃ。そのあと、姫《ひめ》が何人《なんにん》生《う》まれようが構《かま》わぬ。とにかく男子《おのこ》じゃ！　よし、わしが織田攻《おだぜ》めで手柄《てがら》を立《た》て、前祝《まえいわ》いとしようぞ！」

直盛《なおもり》には、駿府《すんぷ》の今川義元《いまがわよしもと》から出陣命令《しゅつじんめいれい》が出《で》ていました。

尾張《おわり》の織田信長《おだのぶなが》を攻《せ》めるため、先陣《せんじん》を務《つと》めることになったのです。

「信長《のぶなが》は〝大《おお》うつけ〟という噂《うわさ》。義元様《よしもとさま》は先頃《さきごろ》、朝廷《ちょうてい》から正式《せいしき》に三河守《みかわのかみ》に任《にん》ぜられ、今《いま》や、駿河《するが》・遠江《とおとうみ》・三河《みかわ》の三国《ごく》を統《す》べる大大名《だいだいみょう》。小国《しょうごく》・尾張《おわり》の大《おお》うつけなど、ひとひねりじゃろうて」

こうして、直盛《なおもり》は5月《がつ》11日《にち》、兵《へい》を率《ひき》いて井伊谷《いいのや》を発《た》つことになりました。

「直親《なおちか》、あとを頼《たの》むぞ」

「はっ、義父上《ちちうえ》、おまかせください」

そう頭《あたま》を下《さ》げつつ、直親《なおちか》は重《おも》い顔《かお》をしていました。

井伊谷《いいのや》に帰還《きかん》して、五年《ねん》。

やっと初陣《ういじん》を飾《かざ》れると思《おも》っていたのに、それが叶《かな》わなかったからです。

けれど、それは致《いた》し方《かた》ないことでした。戦《いくさ》に出《で》れば、命《いのち》を落《お》とす危険《きけん》があります。井伊《いい》は後継《あとつ》ぎの直親《なおちか》を失《うしな》うわけにはいきません。なので、直親《なおちか》に代《か》わり、家老《かろう》の小野玄蕃《おののげんば》が出陣《しゅつじん》することになったのです。

「玄蕃《げんば》、私《わたし》の代《か》わりに存分《ぞんぶん》に戦《たたか》ってきてくれ」

「はっ！　大《おお》いに暴《あば》れて、織田《おだ》に我《わ》が井伊《いい》の強《つよ》さを見《み》せつけてやりますとも」

直親《なおちか》と同《おな》じく留守《るす》をまかされた筆頭家老《ひっとうがろう》・小野政次《おのまさつぐ》が弟《おとうと》を頼《たの》もしげに見《み》て、うなずきました。

「うむ、玄蕃《げんば》、よく言《い》った」

「ええ、兄上《あにうえ》の分《ぶん》も戦《たたか》ってきますよ」

直親《なおちか》や政次《まさつぐ》だけでなく、もちろん祐《ゆう》も母《はは》や小夜《さよ》と一緒《いっしょ》に見送《みおく》りに出《で》ていました。

「父上《ちちうえ》、ご武運《ぶうん》を」

「うむ！　信長《のぶなが》の首《くび》は、わしが取《と》る！」

直盛《なおもり》は意気揚々《いきようよう》と出陣《しゅつじん》していきました。

――これが直盛《なおもり》との今生《こんじょう》の別《わか》れになるとは、この時点《じてん》では誰《だれ》も思《おも》ってもみなかったのです。

それは、5月《がつ》19日《にち》のことでした。

「義元様《よしもとさま》が討《う》たれた！」

この報《ほう》が入《はい》るや否《いな》や、井伊谷《いいのや》は騒然《そうぜん》となりました。

「馬鹿《ばか》な！　今川《いまがわ》は二万五千《まんせん》。対《たい》する織田《おだ》は二千《せん》にも満《み》たぬと聞《き》いたぞ」

「ああ、今川《いまがわ》が敗《やぶ》れるはずがない！」

しかし、それは揺《ゆ》るぎない事実《じじつ》でした。

足利将軍家《あしかがしょうぐんけ》に連《つら》なる家柄《いえがら》を誇《ほこ》る今川義元《いまがわよしもと》は、幕府《ばくふ》から許《ゆる》された特権《とっけん》として輿《こし》に乗《の》って悠々《ゆうゆう》と出陣《しゅつじん》していったのですが……。

雨上《あめあ》がりの桶狭間《おけはざま》で織田《おだ》の奇襲《きしゅう》に遭《あ》い、輿《こし》を捨《す》てて馬《うま》に乗《の》り替《か》えたものの、最後《さいご》はぬかるんだ地面《じめん》の上《うえ》を走《はし》り回《まわ》って敵《てき》と斬《き》り合《あ》う羽目《はめ》になり、討《う》ち取《と》られたのです。

「織田《おだ》の大《おお》うつけに、今川《いまがわ》が敗《やぶ》れるとは……」

誰《だれ》もが信《しん》じられないという目《め》で互《たが》いを見《み》るばかりの中《なか》、更《さら》なる悲報《ひほう》がもたらされました。

「直盛様《なおもりさま》が……自刃《じじん》されました！」

早馬《はやうま》で駆《か》けてきた兵《へい》が涙《なみだ》ながらに、直盛《なおもり》ほか十六名《めい》の重臣《じゅうしん》が討《う》ち死《じ》にしたこと、先陣《せんじん》を務《つと》めた井伊軍《いいぐん》の兵《へい》五百《ひゃく》が織田軍《おだぐん》に討《う》たれたことを告《つ》げたのです。その中《なか》には、直親《なおちか》の代《か》わりに出陣《しゅつじん》した小野玄蕃《おののげんば》もいました。

「直盛様《なおもりさま》が!?」

「玄蕃殿《げんばどの》まで……」

「それでは我《わ》が軍《ぐん》は、ほぼ全滅《ぜんめつ》ではないか！」

やがて、奥山孫市郎《おくやままごいちろう》という家臣《かしん》が直盛《なおもり》の遺骸《いがい》を馬《うま》に載《の》せて井伊谷《いいのや》へ帰《かえ》ってきました。孫《まご》市郎《いちろう》も傷《きず》を負《お》い、顔《かお》も身体《からだ》も泥《どろ》で汚《よご》れ、武具《ぶぐ》もぼろぼろです。「桶狭間《おけはざま》の戦《たたか》い」がいかに激戦《げきせん》であったかがわかります。

「ああ、直盛様《なおもりさま》が……直盛様《なおもりさま》が……」

「母上《ははうえ》、しっかりしてください！」

愕然《がくぜん》としつつも、祐《ゆう》は気《き》を失《うしな》いかけた母《はは》の肩《かた》を抱《だ》き、懸命《けんめい》に支《ささ》えます。

（父上《ちちうえ》が戦死《せんし》したなんて……！）

涙《なみだ》を堪《こら》えていますと、直親《なおちか》が孫市郎《まごいちろう》に言《い》いました。

「……ご苦労《くろう》であった。よくぞ義父上《ちちうえ》を井伊谷《いいのや》へ連《つ》れ帰《かえ》ってくれた。礼《れい》を言《い》う」

「いえ……」

孫市郎《まごいちろう》は首《くび》をゆるく振《ふ》ったあと、複雑《ふくざつ》な顔《かお》で直親《なおちか》を見《み》ました。

「直盛様《なおもりさま》のご遺言《ゆいごん》を預《あず》かっております……。申《もう》し上《あ》げてよろしいでしょうか？」

「ああ、頼《たの》む」

直親《なおちか》がうなずき、孫市郎《まごいちろう》は涙《なみだ》ながらに話《はな》しはじめました。

「雨上《あめあ》がりの桶狭間《おけはざま》で、我《われ》らは休憩《きゅうけい》を取《と》っておりました。織田《おだ》が、すぐに動《うご》くとは思《おも》っていなかったのです。しかし、してやられました。怒濤《どとう》のように斬《き》り込《こ》んでくる織田軍《おだぐん》に今川兵《いまがわへい》の多《おお》くは散《ち》らされ……。直盛様《なおもりさま》も必死《ひっし》に戦《たたか》われましたが、深《ふか》い傷《きず》を負《お》ってしまったのです」

先陣《せんじん》を務《つと》めていた直盛《なおもり》は、義元《よしもと》の本陣《ほんじん》よりも十町《じゅっちょう》（約《やく》1・1キロメートル）先《さき》にいたため、真《ま》っ先《さき》に織田軍《おだぐん》と斬《き》り結《むす》んだようです。

そうして、深手《ふかで》を負《お》った直盛《なおもり》は自身《じしん》の死《し》を悟《さと》り、敵《てき》に首《くび》を取《と》られぬようにと切腹《せっぷく》することを決《き》め、孫市郎《まごいちろう》に介錯《かいしゃく》を頼《たの》んで果《は》てた——ということでした。

「直盛様《なおもりさま》は、南渓和尚《なんけいおしょう》に経《きょう》を上《あ》げてほしいと申《もう》しておりました。それで……家督《かとく》のことなのですが……」

言《い》いにくそうに一度《ど》、言葉《ことば》を切《き》ってから、孫市郎《まごいちろう》は続《つづ》けました。

「直親様《なおちかさま》の家督相続《かとくそうぞく》はすぐには行《おこな》わず、しばらくは中野直由様《なかのなおよしさま》を井伊谷城《いいのやじょう》の城代《じょうだい》とするように……とのことです」

直親《なおちか》は井伊谷《いいのや》に戻《もど》ってきて、まだ五年《ねん》。

亡《な》き小野和泉守《おのいずみのかみ》との確執《かくしつ》から筆頭家老《ひっとうがろう》の政次《まさつぐ》とは折《お》り合《あ》いが悪《わる》く、そのような状態《じょうたい》では家臣団《かしんだん》が分裂《ぶんれつ》しかねません。

そこで、親戚衆《しんせきしゅう》の中《なか》では奥山氏《おくやまし》に次《つ》ぐ中野氏《なかのし》の中野直由《なかのなおよし》を城代《じょうだい》とし、直親《なおちか》が当主《とうしゅ》としてふさわしい力量《りきりょう》を身《み》に付《つ》けるまでの中継《なかつ》ぎにせよ、と直盛《なおもり》は考《かんが》えたのでした。

「……そうか。わかった」

井伊家《いいけ》を背負《せお》うには、まだまだ頼《たよ》りにならぬ——。

そんな自分《じぶん》を悔《くや》しく思《おも》いつつも直盛《なおもり》の遺言《ゆいごん》とあっては、直親《なおちか》はうなずかざるを得《え》ませんでした。

後日《ごじつ》――。

井伊家《いいけ》の菩提寺《ぼだいじ》・龍泰寺《りょうたいじ》にて、直盛《なおもり》をはじめ桶狭間《おけはざま》での戦死者《せんししゃ》たちの葬儀《そうぎ》がしめやかに行《おこな》われました。

南渓和尚《なんけいおしょう》の後《うし》ろで寺《てら》の僧《そう》たちとともに、祐《ゆう》も経《きょう》を上《あ》げました。

(父上《ちちうえ》、思《おも》えばわたしは親不孝《おやふこう》な娘《むすめ》でした……。けれど、直親殿《なおちかどの》のお子《こ》が、きっと井伊家《いいけ》を盛《も》り立《た》てていってくれるでしょう。あの世《よ》から見守《みまも》ってください……)

直盛《なおもり》の法名《ほうみょう》は、龍潭寺殿天運道鑑大居士《りょうたんじでんてんうんどうかんだいこじ》と決《き》まり、ここから龍泰寺《りょうたいじ》は龍潭寺《りょうたんじ》と名《な》を改《あらた》めることになりました。

祐《ゆう》の母《はは》・椿《つばき》は夫《おっと》・直盛《なおもり》の菩提《ぼだい》を弔《とむら》うために出家《しゅっけ》し、祐椿尼《ゆうちんに》という法名《ほうみょう》を南渓《なんけい》につけてもらいました。そして、直盛《なおもり》の御霊《みたま》に寄《よ》り添《そ》いたいと願《ねが》い、龍潭寺《りょうたんじ》のそばに松岳院《しょうがくいん》という庵《いおり》を結《むす》び、そこに移《うつ》りました。

祐《ゆう》は毎日《まいにち》のように松岳院《しょうがくいん》に顔《かお》を出《だ》し、母《はは》を慰《なぐさ》めました。

「母上《ははうえ》、もう夏《なつ》ですよ。あと半年《はんとし》もすれば、直親殿《なおちかどの》の子《こ》が生《う》まれましょう」

「そうね……」

「いつまでも暗《くら》い顔《かお》をしていてはなりませぬ。孫《まご》ができるのですよ、孫《まご》が」

明《あか》るい未来《みらい》を想像《そうぞう》することで、母《はは》が少《すこ》しでも夫《おっと》を失《うしな》った悲《かな》しみを癒《い》やせれば……と祐《ゆう》は願《ねが》ったのですが。

「……その子《こ》があなたの子《こ》だったら、どんなによかったか」

母《はは》がいまだに娘《むすめ》の出家《しゅっけ》を悔《く》やんでいることが伝《つた》わってきて……祐《ゆう》はなんとも言《い》えず、顔《かお》を逸《そ》らすのでした。

❖運命《うんめい》の分《わ》かれ道《みち》❖

今川義元《いまがわよしもと》が尾張《おわり》を攻《せ》めに西《にし》へ向《む》かい、逆《ぎゃく》に織田信長《おだのぶなが》に敗《やぶ》れた「桶狭間《おけはざま》の戦《たたか》い」。義元《よしもと》は、井伊直盛《いいなおもり》に先鋒《せんぽう》を命《めい》じました。南北朝《なんぼくちょう》の昔《むかし》からの確執《かくしつ》か、「応仁《おうにん》の乱《らん》」の際《さい》、敵対《てきたい》したことが響《ひび》いているのか——要《よう》は、弾除《たまよ》けとして使《つか》ったわけです。

もうひとり、先鋒《せんぽう》を命《めい》じられたのが、尾張《おわり》の隣国《りんごく》・三河出身《みかわしゅっしん》の徳川家康《とくがわいえやす》（当時《とうじ》は松平元康《まつだいらもとやす》）です。

義元《よしもと》は5月《がつ》12日《にち》に駿府《すんぷ》を発《た》ち、18日《にち》には沓掛城《くつかけじょう》に入《はい》りました。義元《よしもと》はそこで元康《もとやす》に大高城《おおだかじょう》に兵糧《ひょうろう》を入《い》れることを命《めい》じ、元康《もとやす》は無事《ぶじ》に任務《にんむ》を完了《かんりょう》。その後《ご》、織田方《おだがた》の丸根砦《まるねとりで》を攻《せ》めてこれを落《お》とし、義元《よしもと》から大高城《おおだかじょう》に戻《もど》って城《しろ》を守《まも》るよう命《めい》じられました。

一方《いっぽう》の直盛《なおもり》も義元《よしもと》の命令《めいれい》で織田方《おだがた》の鷲津砦《わしづとりで》を落《お》としたものの、本隊《ほんたい》に戻《もど》されたため、桶狭間《おけはざま》では真《ま》っ先《さき》に織田《おだ》と交戦《こうせん》。直盛《なおもり》や小野玄蕃《おののげんば》をはじめ、多《おお》くの犠牲《ぎせい》を出《だ》したのです。

もし、直盛《なおもり》と家康《いえやす》が逆《ぎゃく》の立場《たちば》だったら……江戸時代《えどじだい》はなかったかもしれません。

戦国姫《せんごくひめ》

—井《い》伊《い》直《なお》虎《とら》の物語《ものがたり》—

哀《あい》の章《しょう》

1　虎松《とらまつ》の誕生《たんじょう》――永禄《えいろく》4年《ねん》（1561年《ねん》）――

直盛《なおもり》亡《な》きあと、城代《じょうだい》として中野直由《なかのなおよし》が立《た》ちましたが、その実《じつ》、井伊領《いいりょう》の領国経営《りょうごくけいえい》は今川《いまがわ》寄《よ》りの筆頭家老《ひっとうがろう》・小野但馬守政次《おのたじまのかみまさつぐ》が握《にぎ》っていました。今川義元《いまがわよしもと》が没《ぼっ》し、息子《むすこ》の氏真《うじざね》の代《だい》に移《うつ》ったとはいえ、今川《いまがわ》の影響力《えいきょうりょく》はまだまだ強《つよ》かったのです。

「直盛様《なおもりさま》は直親様《なおちかさま》の器量《きりょう》が充分備《じゅうぶんそな》わってからと考《かんが》えておられたようだが……。このままでは、いずれ井伊谷《いいのや》は小野《おの》に盗《と》られてしまうぞ」

「うむ、時《とき》が過《す》ぎれば過《す》ぎるほど、直親様《なおちかさま》のお立場《たちば》が弱《よわ》くなるような気《き》がしてならぬ」

「朝利殿《ともとしどの》、このままでいいのですか!?」

「小野《おの》を廃《はい》し、我《われ》らで直親様《なおちかさま》を立《た》てましょうぞ！」

「……こうなれば」

直親《なおちか》の義父《ちち》として、奥山朝利《おくやまともとし》は腹《はら》を決《き》めました。

そうして、「桶狭間《おけはざま》の戦《たたか》い」から半年《はんとし》が経《た》った12月《がつ》のある日《ひ》――。

「小野但馬守《おののたじまのかみ》を討《う》つ！」

朝利《ともとし》は手勢《てぜい》を率《ひき》いて、小野《おの》の屋敷《やしき》を襲撃《しゅうげき》したのです。

しかし、これは完全《かんぜん》に裏目《うらめ》に出《で》てしまいました。

朝利《ともとし》を含《ふく》め、全員《ぜんいん》が返《かえ》り討《う》ちに遭《あ》い、殺《ころ》されてしまったのです。

「義父上《ちちうえ》……なんと早《はや》まったことを」

「直親様《なおちかさま》、私《わたし》の父《ちち》が……申《もう》し訳《わけ》ありません」

父親《ちちおや》を亡《な》くした悲《かな》しみと、夫《おっと》への申《もう》し訳《わけ》なさで泣《な》き崩《くず》れる小夜《さよ》を直親《なおちか》は責《せ》めず、やさしく肩《かた》を抱《だ》き寄《よ》せました。

「小夜《さよ》……すまない。私《わたし》が不甲斐《ふがい》ないばかりに、このようなことになってしまったのだ。おまえはただ、元気《げんき》な子《こ》を産《う》むことだけを考《かんが》えよ」

小夜《さよ》のお腹《なか》は大《おお》きくふくらんでいます。あとひと月《つき》かふた月《つき》もすれば、新《あたら》しい命《いのち》がこの世《よ》に誕生《たんじょう》するでしょう。

小野但馬守《おのたじまのかみ》は、今回《こんかい》のことをなぜか不問《ふもん》にするとし、

「奥山朝利殿《おくやまともとしどの》は、我《わ》が屋敷《やしき》に入《はい》った賊《ぞく》を討《う》ち取《と》ろうとして、逆《ぎゃく》に命《いのち》を落《お》とされたのだ。そうであろう？」

自分《じぶん》の命《いのち》が狙《ねら》われたとわかっていて、直親《なおちか》にこう言《い》ってきました。

(政次《まさつぐ》は、井伊谷《いいのや》を乗《の》っ取《と》りたいのではないのか？)

直盛《なおもり》が亡《な》くなったばかりで直親《なおちか》を追《お》い落《お》とすのは時期尚早《じきしょうそう》と見《み》たのか、それともそも亡《な》き和泉守《いずみのかみ》と違《ちが》い、但馬守《たじまのかみ》にはそのつもりがないのかどうかはわかりませんが……。

しかし、これで大《おお》きな借《か》りを作《つく》ってしまったことには変《か》わりなく、小野但馬守《おのたじまのかみ》の井伊家《いいけ》筆頭家老《ひっとうがろう》としての権力《けんりょく》はますます強《つよ》くなる結果《けっか》になってしまったのでした。

直盛《なおもり》をはじめ多《おお》くの家臣《かしん》たちを亡《な》くした無念《むねん》と、朝利《ともとし》を亡《な》くした悲《かな》しみに暮《く》れた永禄《えいろく》3年《ねん》はこうして過《す》ぎていき――。

家中《かちゅう》に不穏《ふおん》な空気《くうき》を抱《かか》えたまま年《とし》を越《こ》えた、永禄《えいろく》4年《ねん》（1561年《ねん》）2月《がつ》9日《か》。

井伊谷《いいのや》に久《ひさ》しぶりに明《あか》るい出来事《できごと》がありました。

直親《なおちか》と小夜《さよ》の間《あいだ》に、待望《たいぼう》の男子《だんし》が誕生《たんじょう》したのです。

「直盛殿《なおもりどの》が言《い》っていたとおり、立派《りっぱ》な男子《おのこ》が生《う》まれたな。いや、めでたい」

知《し》らせを聞《き》いた南渓和尚《なんけいおしょう》は喜《よろこ》び、さっそく祐《ゆう》たちに伝《つた》えました。

「そうですか、男子《おのこ》が！」

「よかった……これで井伊家《いいけ》は安泰《あんたい》ですね」

椿《つばき》は目《め》に涙《なみだ》を浮《う》かべ、袖《そで》で拭《ぬぐ》いました。

ただ単《たん》に喜《よろこ》んでいるだけではないその様子《ようす》に、祐《ゆう》は母《はは》を見《み》ました。

「母上《ははうえ》……？」

「ほっとしたら、つい……。祐《ゆう》、そなたの前《まえ》で言《い》うのは申《もう》し訳《わけ》ないのだけれど、私《わたし》は妻《つま》として男子《おのこ》を産《う》めなかったことに負《お》い目《め》を感《かん》じていたの。私《わたし》が男子《おのこ》を産《う》めなかったから、そなたにもあのようなつらい思《おも》いをさせてしまって……。でも、なにはともあれ、これでひと安心《あんしん》ですね」

「はい、わたしもほっといたしました」

生《う》まれた子《こ》は「桶狭間《おけはざま》の戦《たたか》い」で亡《な》くなった直盛《なおもり》の生《う》まれ変《か》わりだということで、直盛《なおもり》の幼名《ようみょう》である「虎松《とらまつ》」という名《な》がつけられました。

祐《ゆう》も母《はは》や曾祖父《そうそふ》の直平《なおひら》と一緒《いっしょ》に、直親夫妻《なおちかふさい》のもとにお祝《いわ》いを述《の》べに行《い》きました。

「このたびはおめでとうございます。虎松君《とらまつぎみ》のために産着《うぶぎ》を縫《ぬ》ってまいりました。よかったら使《つか》ってください。母上《ははうえ》と一緒《いっしょ》に縫《ぬ》ったんですよ」

「まあ、うれしいです。ありがとうございます」

小夜《さよ》は虎松《とらまつ》をあやしながら、祐《ゆう》たちに礼《れい》を言《い》いました。

直親《なおちか》と結婚《けっこん》したばかりの頃《ころ》は、かつての婚約者《こんやくしゃ》であった祐《ゆう》に遠慮《えんりょ》しているようなところがありましたが、結婚《けっこん》して六年《ねん》が経《た》った今《いま》、もうすっかり妻《つま》の顔《かお》でした。

「祐殿《ゆうどの》、義母上様《ははうえさま》、ありがとうございます」

直親《なおちか》は今《いま》、二十六歳《さい》。

久《ひさ》しぶりに見《み》る直親《なおちか》は、以前《いぜん》よりは貫録《かんろく》もつき、立派《りっぱ》な青年《せいねん》になっていました。

「さ、義母上様《ははうえさま》、虎松《とらまつ》を抱《だ》いてやってください」

直親《なおちか》は虎松《とらまつ》を小夜《さよ》から受《う》け取《と》り、椿《つばき》にそっと渡《わた》しました。

「まあ、なんとかわいらしい……。目元《めもと》がどことなく直平様《なおひらさま》に似《に》ているような気《き》がします」

椿《つばき》が微笑《ほほえ》みますと、直平《なおひら》が横《よこ》から虎松《とらまつ》の顔《かお》をのぞきこみました。

「うんうん、そうじゃろう、そうじゃろう」

直平《なおひら》は直親《なおちか》の祖父《そふ》ですので、虎松《とらまつ》は曾孫《ひまご》にあたります。

まさに目《め》に入《い》れても痛《いた》くないという感《かん》じで、相好《そうごう》を崩《くず》す直平《なおひら》を見《み》て、祐《ゆう》たちは笑《わら》い出《だ》しました。

「おじい様《さま》には長生《ながい》きしてもらい、虎松《とらまつ》の元服《げんぷく》をその目《め》でしかと見届《みとど》けていただかねば」

直親《なおちか》が言《い》いますと、直平《なおひら》は「そうじゃな」とうなずきました。

「子《こ》の直宗《なおむね》や孫《まご》の直盛《なおもり》に先立《さきだ》たれてしまったが、長生《ながい》きしていれば、このようにいいこともあるからのう」

「……――」

その言葉《ことば》に、皆《みな》、しんみりしてしまい――……。

祐《ゆう》は場《ば》の空気《くうき》を変《か》えようと、明《あか》るい声《こえ》を上《あ》げました。

「母上《ははうえ》、わたしにも若君《わかぎみ》を抱《だ》かせてください。……小夜殿《さよどの》、いいですか？」

「ええ、もちろんです」

小夜《さよ》が快《こころよ》くうなずき、直親《なおちか》も「さあ」と勧《すす》めてくれました。

「祐《ゆう》、まだ首《くび》がすわってないから、気《き》をつけて」

椿《つばき》から虎松《とらまつ》を受《う》け取《と》り、祐《ゆう》はその腕《うで》に抱《だ》きました。

乳《ち》飲《の》み子《ご》の甘《あま》い匂《にお》いが立《た》ちのぼり、祐《ゆう》は目《め》を細《ほそ》めました。

「まあ、なんと愛《あい》らしい……」

虎松《とらまつ》は、とても美《うつく》しい赤子《あかご》でした。

額《ひたい》は白《しろ》くなめらかで、うっすらと夕陽《ゆうひ》の赤《あか》を差《さ》したような頬《ほお》はやわらかく、瞳《ひとみ》は黒《くろ》く輝《かがや》いています。

「まるで、始祖様《しそさま》を抱《だ》いているようですわ。井戸《いど》の中《なか》からお生《う》まれになったという、共保《ともやす》公《こう》もこのように〝容顔美麗《ようがんびれい》〟な赤子《あかご》だったのでしょうね」

「おお、まさに。祐《ゆう》、いいことを言《い》う。この子《こ》は始祖《しそ》の再来《さいらい》かもしれぬぞ」

直平《なおひら》は祐《ゆう》の言葉《ことば》にご機嫌《きげん》になり、皆《みな》も虎松《とらまつ》の未来《みらい》は明《あか》るいと信《しん》じ、笑《わら》いました。

けれど、祐《ゆう》は虎松《とらまつ》の白《しろ》く、ふくふくとした手《て》を握《にぎ》り、なんとも言《い》えない気持《きも》ちになっていました。

（わたしが子《こ》を産《う》んでいたら……こんな感《かん》じだったのかしら）

そう考《かんが》えると、女《おんな》としての人生《じんせい》を捨《す》てたことがたまらなく悲《かな》しく思《おも》えてきます。

（でも、仕方《しかた》なかった。仕方《しかた》なかったのだわ）

祐《ゆう》は必死《ひっし》に、自分自身《じぶんじしん》にそう言《い》い聞《き》かせました。

直親《なおちか》が井伊谷《いいのや》に戻《もど》ってきたとき、還俗《げんぞく》する機会《きかい》があったのに、それを自《みずか》らの意志《いし》で拒《こば》んだのですから……。

（わたしは井伊宗家《いいそうけ》の者《もの》として、この子《こ》の行《ゆ》く末《すえ》を見守《みまも》っていこう）

けれど、複雑《ふくざつ》な気持《きも》ちはどうにもならず――。

（心《こころ》が乱《みだ》れるのは、修行《しゅぎょう》が足《た》りない証拠《しょうこ》よ）

龍潭寺《りょうたんじ》に戻《もど》った祐《ゆう》は、その日《ひ》からこれまで以上《いじょう》に、ひたすら修行《しゅぎょう》に励《はげ》むのでした。

❖直虎《なおとら》の誇《ほこ》り❖

井伊氏《いいし》の始祖《しそ》・共保公《ともやすこう》。赤《あか》ん坊《ぼう》の頃《ころ》から〝容顔美麗《ようがんびれい》〟、長《ちょう》じて〝勇武絶倫《ゆうぶぜつりん》〟と謳《うた》われた彼《かれ》は、84歳《さい》で亡《な》くなったそうです。井伊家《いいけ》の家紋《かもん》は、神社《じんじゃ》の井戸《いど》から生《う》まれた共保公《ともやすこう》の生誕伝説《せいたんでんせつ》にちなみ、「井《い》」の字《じ》と、井戸《いど》のそばに一本《いっぽん》の橘《たちばな》があったことから、「橘《たちばな》」をそれぞれ図案化《ずあんか》したものになっています。橘《たちばな》は昔《むかし》から「不老不死《ふろうふし》」の実《み》といわれ、縁起《えんぎ》がいいとされているとか。共保公《ともやすこう》が生《う》まれたのは、平安時代中期《へいあんじだいちゅうき》の1010年《ねん》。紫式部《むらさきしきぶ》が「源氏物語《げんじものがたり》」を完成《かんせい》させる一年前《ねんまえ》です。

直虎《なおとら》と直政《なおまさ》の頃《ころ》、井伊氏《いいし》はすでに五百年《ひゃくねん》の歴史《れきし》を誇《ほこ》る名家《めいか》でした。このあとの物語《ものがたり》で書《か》きますが、直虎《なおとら》は今川《いまがわ》の圧力《あつりょく》に屈《くっ》せず二年間《ねんかん》、徳政令《とくせいれい》を凍結《とうけつ》させます。のちに「徳川四天王《とくがわしてんのう》」のひとりとして称《たた》えられる直政《なおまさ》は、「徳川《とくがわ》の古《ふる》くからの家臣《かしん》に比《くら》べて決《けっ》して引《ひ》けはとらない」と自分《じぶん》の血《ち》筋《すじ》を誇《ほこ》りに思《おも》っていたそうですから、直政《なおまさ》の養母《ようぼ》となった直虎《なおとら》にも、そういう思《おも》いがあったと推《すい》測《そく》できます。歴史《れきし》の重《おも》みが、戦国《せんごく》の荒波《あらなみ》を生《い》きる直虎《なおとら》の心《こころ》の支《ささ》えとなったのでしょうね。

2 直親《なおちか》の死《し》——永禄《えいろく》5年《ねん》(1562年《ねん》)——

義元《よしもと》亡《な》きあとの今川《いまがわ》は、早《はや》くもその勢力《せいりょく》に衰《おとろ》えが見《み》えはじめました。

今川家《いまがわけ》が駿河《するが》・遠江《とおとうみ》・三河《みかわ》の三国《ごく》を統《す》べる大大名《だいだいみょう》になったのは、義元《よしもと》の力《ちから》です。

しかし、後《あと》を継《つ》いだその息子《むすこ》・氏真《うじざね》には、大国《たいこく》を統《す》べる器量《きりょう》がなく——。

「氏真様《うじざねさま》は蹴鞠《けまり》に興《きょう》じてばかりおられたとか」

「公家《くげ》かぶれなど、頼《たよ》りになりませぬ」

「松平元康殿《まつだいらもとやすどの》は戦《いくさ》に出《で》たまま、帰《かえ》ってこぬではないか」

幼少期《ようしょうき》から駿河《するが》の今川《いまがわ》で人質生活《ひとじちせいかつ》を余儀《よぎ》なくされていた三河《みかわ》の松平元康《まつだいらもとやす》（のちの徳川家康《とくがわいえやす》）は、「桶狭間《おけはざま》の戦《たたか》い」で義元《よしもと》が討《う》たれたと知《し》るや、駿府《すんぷ》に戻《もど》らず、生《う》まれ故郷《こきょう》の岡崎《おかざき》へと戻《もど》ってしまいました。義元《よしもと》が亡《な》くなったため、これを機《き》に独立《どくりつ》しようと考《かんが》えたのです。

「氏真様《うじざねさま》も、なめられたものですな」

こうして今川家中《いまがわかちゅう》の者《もの》たちの冷《ひ》ややかな目《め》が氏真《うじざね》に向《む》く中《なか》、元康《もとやす》は年《とし》が明《あ》けた永禄《えいろく》5年《ねん》(1562年《ねん》)1月《がつ》、尾張《おわり》の織田信長《おだのぶなが》と同盟《どうめい》を結《むす》び、翌月《よくげつ》、今川方《いまがわがた》の西郡上之城《にしごおりうえのじょう》を攻《せ》め、城主《じょうしゅ》・鵜殿長照《うどのながてる》を討《う》ちました。

長照《ながてる》の母《はは》は今川義元《いまがわよしもと》の妹《いもうと》――つまり、長照《ながてる》は今川氏真《いまがわうじざね》の従兄弟《いとこ》にあたります。

元康《もとやす》は長照《ながてる》の子《こ》ふたりを生《い》け捕《ど》りにし、駿府《すんぷ》に人質《ひとじち》として留《と》め置《お》かれていた自身《じしん》の妻《つま》・瀬名姫《せなひめ》(のちの築山殿《つきやまどの》)と長男《ちょうなん》・竹千代《たけちよ》(のちの信康《のぶやす》)、長女《ちょうじょ》・亀姫《かめひめ》と交換《こうかん》。無事《ぶじ》に家族《かぞく》を取《と》り戻《もど》したのです。

これを見《み》て、今川家中《いまがわかちゅう》では三河《みかわ》の元康《もとやす》になびく者《もの》も出《で》てきました。

「おのれ、元康《もとやす》。我《わ》が父《ちち》・義元公《よしもとこう》から受《う》けた恩義《おんぎ》を忘《わす》れおったか!」

怒《いか》りの収《おさ》まらない氏真《うじざね》は家臣団《かしんだん》に示《しめ》しをつけるため、瀬名《せな》の両親《りょうしん》を自害《じがい》に追《お》い込《こ》みました。

人質交換《ひとじちこうかん》の際《さい》、瀬名《せな》の父《ちち》・関口親永《せきぐちちかなが》が元康《もとやす》に助力《じょりょく》したためです。

関口親永《せきぐちちかなが》は今川《いまがわ》の親戚衆《しんせきしゅう》で、その妻《つま》は今川義元《いまがわよしもと》の義妹《いもうと》にあたります。それなのに、自害《じがい》に追《お》い込《こ》んだのは、今川《いまがわ》に背《そむ》く者《もの》には容赦《ようしゃ》ない処断《しょだん》を下《くだ》す、という示《しめ》しをつける意味《いみ》もあったのですが……。これは家中《かちゅう》の者《もの》たちの反発《はんぱつ》を買《か》っただけでした。

氏真《うじざね》は元康《もとやす》の行動《こうどう》から来《く》る家中《かちゅう》の乱《みだ》れを「三州錯乱《さんしゅうさくらん》」と呼《よ》びましたが、氏真《うじざね》には亡《な》き父《ちち》・義元《よしもと》ほどの器量《きりょう》や求心力《きゅうしんりょく》はなかったので、手《て》をこまねいて見《み》ているしかなかったのです。


「三州錯乱《さんしゅうさくらん》」は、三河《みかわ》の隣《となり》——遠江《とおとうみ》の井伊谷《いいのや》まで影響《えいきょう》を及《およ》ぼしました。

井伊直親《いいなおちか》はある日《ひ》、近臣《きんしん》たちにこうつぶやきました。

「……今川《いまがわ》の傘《かさ》は、もういらないな」

「直親様《なおちかさま》？　それはどういう——」

怪訝《けげん》な顔《かお》をする近臣《きんしん》たちを見回《みまわ》して、直親《なおちか》は続《つづ》けました。

「もともと我《わ》が井伊家《いいけ》は井伊谷《いいのや》を支配《しはい》してきた国人領主《こくじんりょうしゅ》。それが、祖父《そふ》の直平《なおひら》の代《だい》で今川《いまがわ》に下《くだ》ることになった……。あの頃《ころ》はそれが正《ただ》しい選択《せんたく》だったが、義元公亡《よしもとこうな》き今《いま》、時代《じだい》は変《か》わった。傘《かさ》の下《した》から出《で》て、陽《ひ》の当《あ》たる場所《ばしょ》へ出《で》よう」

「それは――」

身《み》を乗《の》り出《だ》してきた近臣《きんしん》たちに、直親《なおちか》はうなずきます。

「私《わたし》は父上《ちちうえ》と叔父上《おじうえ》を今川《いまがわ》に殺《ころ》された……その恨《うら》み、忘《わす》れたことはない。今川《いまがわ》を見限《みかぎ》り、松平《まつだいら》につく！」

「おお……」

今川《いまがわ》を離《はな》れる、と聞《き》き、近臣《きんしん》たちの目《め》が輝《かがや》きました。

「元康様《もとやすさま》の妻《つま》は私《わたし》の従妹《いとこ》――。つまり、私《わたし》は松平《まつだいら》の親戚《しんせき》という考《かんが》え方《かた》もできる。それに今《いま》、元康様《もとやすさま》は氏真《うじざね》と対抗《たいこう》するため、少《すこ》しでも力《ちから》になる者《もの》がほしいはず」

「なるほど……」

「しかし、いかがいたしますか？」

今川寄《いまがわよ》りの筆頭家老《ひっとうがろう》・小野但馬守政次《おのたじまのかみまさつぐ》に、気取《けど》られてはなりません。家中《かちゅう》や土地《とち》の者《もの》たちには、まだ今川寄《いまがわよ》りの考《かんが》えを持《も》つ者《もの》も多《おお》いのです。

「三河《みかわ》は近《ちか》い。たとえば、狩《か》りに出《で》て偶然会《ぐうぜんあ》う……こともあるだろう？」

直親《なおちか》は不敵《ふてき》な笑《え》みを浮《う》かべました。

直親《なおちか》はさっそく松平家《まつだいらけ》に寝返《ねがえ》った今川《いまがわ》の元家臣《もとかしん》たちと通《つう》じ、元康《もとやす》と会《あ》う段取《だんど》りをつけました。

そうして、鹿狩《しかが》りに出《で》た直親《なおちか》は山《やま》を越《こ》えて三河《みかわ》に入《はい》り、元康《もとやす》に会《あ》ったのです。

「井伊《いい》は我《わ》が妻《つま》ゆかりの一族《いちぞく》――。直親殿《なおちかどの》、こうして、お会《あ》いできたこと、うれしく思《おも》いますぞ」

「ははっ、こちらこそお目《め》にかかれて光栄《こうえい》です」

「ぜひとも岡崎《おかざき》に来《き》て、妻《つま》をなぐさめてやっていただきたい」

元康《もとやす》に招《まね》かれ、直親《なおちか》は岡崎《おかざき》に行《い》きました。

瀬名《せな》は元康《もとやす》の居城《きょじょう》・岡崎城《おかざきじょう》ではなく、城下《じょうか》の寺《てら》に預《あず》けられていました。今川《いまがわ》の姫《ひめ》――ということで、松平家中《まつだいらかちゅう》の者《もの》たちの反発《はんぱつ》を買《か》わぬように、との元康《もとやす》の配慮《はいりょ》です。

「瀬名《せな》、今日《きょう》は客人《きゃくじん》を連《つ》れてまいったぞ」

（これが、瀬名姫《せなひめ》か――）

けれど、瀬名《せな》は元気《げんき》がありませんでした。

「桶狭間《おけはざま》の戦《たたか》い」から二年近《ねんちか》く、元康《もとやす》から離《はな》れて不安《ふあん》な日々《ひび》を送《おく》っていたせいなのか、両《りょう》親《しん》を亡《な》くした悲《かな》しみからか……〝東国一《とうごくいち》〟と謳《うた》われた美貌《びぼう》も翳《かげ》っている様子《ようす》でした。

「初《はじ》めてお目《め》にかかります。遠江《とおとうみ》は井伊谷《いいのや》の井伊直親《いいなおちか》と申《もう》します」

「井伊《いい》……？」

その名《な》を聞《き》くなり、瀬名《せな》の目《め》がまたたきました。

「はい。私《わたし》は水名様《みなさま》の甥《おい》にあたります。瀬名様《せなさま》は、水名様《みなさま》に面差《おもざ》しがよく似《に》ていらっしゃいますね」

「……こんなところで、血《ち》のつながった方《かた》にお会《あ》いできるなんて」

瀬名《せな》はたちまち涙《なみだ》ぐみました。

「母上《ははうえ》をご存《ぞん》じなのですか」

「はい、小《ちい》さい頃《ころ》、かわいがっていただきました」

「そうでしたか……」

瀬名《せな》の母親《ははおや》は、直親《なおちか》の叔母《おば》・水名姫《みなひめ》でした。

直平《なおひら》が今川《いまがわ》の配下《はいか》に下《くだ》ったときに、今川《いまがわ》の人質《ひとじち》に出《だ》された姫《ひめ》です。駿府《すんぷ》で義元《よしもと》に見初《みそ》められた水名《みな》は側室《そくしつ》にされたのですが、そのあと、親戚衆《しんせきしゅう》の関口親永《せきぐちちかなが》に下《さ》げ渡《わた》されたのでした。体裁《ていさい》を整《ととの》えるため、義元《よしもと》の義妹《いもうと》として嫁《とつ》がされたのです。

「母上《ははうえ》はとても美《うつく》しい方《かた》でした……。わたくしは、母上《ははうえ》は〝義元公《よしもとこう》の妹《いもうと》〟だと信《しん》じて育《そだ》ちましたので、公家出身《くげしゅっしん》のおばあ様《さま》の血《ち》を引《ひ》いているのだと、ずっと思《おも》っていました。母上《ははうえ》が本当《ほんとう》は井伊家《いいけ》の出身《しゅっしん》だと知《し》ったときは愕然《がくぜん》としましたが……。血《ち》のつながりとは不思議《ふしぎ》なものですね。こうして直親殿《なおちかどの》にお会《あ》いした今《いま》、うれしさで胸《むね》がいっぱいです」

瀬名《せな》はその身体《からだ》に流《なが》れる血《ち》のあたたかさを確《たし》かめるように、胸《むね》にそっと手《て》をあてました。

「祖父《そふ》・直平《なおひら》も水名様《みなさま》の死《し》を知《し》り、心《こころ》を痛《いた》めております。私《わたし》は今川氏真《いまがわうじざね》を許《ゆる》す気《き》はありません」

直親《なおちか》は強《つよ》い瞳《ひとみ》で瀬名《せな》を見《み》、続《つづ》いて元康《もとやす》を見《み》ました。

暗《あん》に〝今川《いまがわ》と戦《たたか》うなら味方《みかた》する〟旨《むね》、伝《つた》えたのです。

瀬名《せな》が微笑《ほほえ》み、元康《もとやす》もうなずきました。

「元康様《もとやすさま》、直親殿《なおちかどの》はわたくしの従兄《いとこ》。これからもどうぞ懇意《こんい》にしてさしあげてください」

「うむ。直親殿《なおちかどの》、頼《たよ》りにしておるぞ。たまに遊《あそ》びにきて、瀬名《せな》を慰《なぐさ》めてやってほしい」

「ええ、もちろんです」

こうして、直親《なおちか》は元康《もとやす》と通《つう》じ、今後《こんご》も〝従妹《いとこ》の瀬名姫《せなひめ》を慰《なぐさ》める〟という大義名分《たいぎめいぶん》を手《て》に入《はい》れ、井伊谷《いいのや》に戻《もど》ったのでした。


ある秋《あき》の日《ひ》のこと――。

祐《ゆう》が共保公出生《ともやすこうしゅっしょう》の井戸《いど》の前《まえ》に行《い》きますと、後《うし》ろから声《こえ》がかかりました。

「そこにいるのは、もしや祐殿《ゆうどの》では？」

「直親殿《なおちかどの》？」

やってきたのは、直親《なおちか》でした。

「祐殿《ゆうどの》。こんなところで、どうしたのです？」

「わたしはたまにひとりで来るのです。ここに来《く》ると、なんだか落《お》ち着《つ》くのですよ」

「祐殿《ゆうどの》もですか。実《じつ》は私《わたし》もです」

微笑《ほほえ》んで、直親《なおちか》は周《まわ》りの景色《けしき》に目《め》を向《む》けました。

「水名様《みなさま》も言《い》っておられましたね……。ここに来《く》ると、落《お》ち着《つ》くと」

「ええ……」

「祐殿《ゆうどの》は水名様《みなさま》が今川《いまがわ》に殺《ころ》されたことは、ご存《ぞん》じですか」

「……はい。聞《き》いています」

祐《ゆう》はうなずき、幼《おさな》い日《ひ》を思《おも》い起《お》こしました。

あの頃《ころ》は、人質《ひとじち》の意味《いみ》がよくわかっていなくて——。

「あれ以来《いらい》、水名様《みなさま》にお会《あ》いすることはなかったですね……。この先《さき》、井伊家《いいけ》をどうするつもりですか？　水名様《みなさま》が人質《ひとじち》に行《い》っても直満様《なおみつさま》と直義様《なおよしさま》は今川《いまがわ》に殺《ころ》され、直宗《なおむね》のおじい様《さま》も父上《ちちうえ》も、今川《いまがわ》に戦《いくさ》に駆《か》り出《だ》され命《いのち》を落《お》としてしまった……。これ以上《いじょう》、今川《いまがわ》のために誰《だれ》かが犠牲《ぎせい》になるのを、わたしは見《み》たくありません」

「祐殿《ゆうどの》、そのことなのですが……」

直親《なおちか》は最近《さいきん》、鹿狩《しかが》りと称《しょう》してたまに出《で》かけ、山《やま》を越《こ》えて岡崎《おかざき》まで行《い》っていることを祐《ゆう》に打《う》ち明《あ》けました。

「まあ、岡崎《おかざき》まで」

「ええ。それで、瀬名姫《せなひめ》がぜひ祐殿《ゆうどの》にお会《あ》いしたいと言《い》っています。祐殿《ゆうどの》と一緒《いっしょ》に、亡《な》き水名様《みなさま》を偲《しの》びたいと――。この井戸《いど》も見《み》たいと言《い》っておられるので、本当《ほんとう》ならこちらにお招《まね》きしたいのですが……」

「但馬守《たじまのかみ》……小野政次《おのまさつぐ》ですね」

今川寄《いまがわよ》りの筆頭家老《ひっとうがろう》の政次《まさつぐ》の目《め》があるので、松平元康《まつだいらもとやす》の妻《つま》である瀬名《せな》を井伊谷《いいのや》に呼《よ》ぶのは危険《きけん》です。

「もし、よければ――今度《こんど》、一緒《いっしょ》に岡崎《おかざき》へ行《い》きませんか？」

「わたしが？」

「ええ、だめですか？」

「そういうわけではないのですが、わたしはしばらく馬《うま》に乗《の》ってなくて……」

昔《むかし》は、長刀《なぎなた》や乗馬《じょうば》などの武芸《ぶげい》に励《はげ》んでいたのですが、出家《しゅっけ》してからはやめていたのです。

「でしたら、私《わたし》と一緒《いっしょ》に乗《の》ればいい」

「え……」

「男物《おとこもの》の着物《きもの》を用意《ようい》します。私《わたし》の供《とも》ということにしましょう」

「ええ、では――」

祐《ゆう》が承知《しょうち》しますと、直親《なおちか》は先《さき》に井戸《いど》の前《まえ》から去《さ》っていきました。

その後《うし》ろ姿《すがた》を見送《みおく》りながら、祐《ゆう》は胸《むね》のどきどきを抑《おさ》えるのに必死《ひっし》でした。

(直親殿《なおちかどの》と一緒《いっしょ》に岡崎《おかざき》へ……)

やがて、祐《ゆう》のもとに男物《おとこもの》の着物《きもの》が届《とど》きました。

(似合《にあ》うかしら?)

祐《ゆう》は肩《かた》までの髪《かみ》を結《ゆ》い上《あ》げ、着物《きもの》をあててみました。

岡崎《おかざき》へ向《む》かうのは、12月《がつ》に入《はい》ってからということになり……。

その日《ひ》は龍潭寺《りょうたんじ》の南渓和尚《なんけいおしょう》を訪《たず》ねた直親《なおちか》が、義母《はは》の椿《つばき》に会《あ》いに松岳院《しょうがくいん》に立《た》ち寄《よ》り、そこで祐《ゆう》と合流《ごうりゅう》するという段取《だんど》りが決《き》まりました。

(瀬名姫《せなひめ》……どんな方《かた》でしょう)

瀬名《せな》に会《あ》うのも楽《たの》しみでしたが、思《おも》いがけず直親《なおちか》と遠出《とおで》することになったことに、祐《ゆう》は人知《ひとし》れず胸《むね》をときめかせたのですが――。

その約束《やくそく》は果《は》たされることはなかったのです。


12月《がつ》に入《はい》り、井伊家《いいけ》は騒然《そうぜん》となりました。

「井伊直親《いいなおちか》に謀反《むほん》の疑《うたが》いあり」

として、今川氏真《いまがわうじざね》の怒《いか》りを買《か》ったというのです。

この知《し》らせは、駿府《すんぷ》にいる新野左馬助親矩《にいのさまのすけちかのり》から届《とど》きました。左馬助《さまのすけ》は祐《ゆう》の母《はは》の兄《あに》で、直《なお》親《ちか》にとっては義理《ぎり》の伯父《おじ》にあたります。

――直親殿《なおちかどの》は松平元康《まつだいらもとやす》に通《つう》じ、織田信長《おだのぶなが》とも誼《ぎ》を通《つう》じていると、小野但馬守《おのたじまのかみ》が氏真様《うじざねさま》に讒言《ざんげん》したのだ。これを聞《き》いた氏真様《うじざねさま》が「直親《なおちか》を討《う》て」と掛川城主《かけがわじょうしゅ》の朝比奈泰朝《あさひなやすとも》に先鋒《せんぽう》を命《めい》じた。私《わたし》はおまえの友《とも》であり、おまえの思《おも》いも理解《りかい》している。だが、ここは井伊谷《いいのや》のために堪《こら》えてほしい。私《わたし》が氏真様《うじざねさま》を抑《おさ》えているうちに、駿府《すんぷ》に来《き》て申《もう》し開《ひら》きをすれば、今川《いまがわ》の兵《へい》が井伊谷《いいのや》に攻《せ》め入《い》ることはないだろう。

書状《しょじょう》を読《よ》むなり、直親《なおちか》は怒《いか》りで震《ふる》えました。

「氏真《うじざね》に申《もう》し開《ひら》きせよ……と。但馬守《たじまのかみ》め。親《おや》の和泉守《いずみのかみ》が私《わたし》の父《ちち》や叔父《おじ》を葬《ほうむ》ったように、今度《こんど》は私《わたし》を陥《おとしい》れようというのだな」

直親《なおちか》は駿府《すんぷ》に行《い》くつもりは、さらさらありません。

「これを機《き》に、我《われ》らもきっぱりと今川《いまがわ》を見限《みかぎ》ろうぞ」

しかし、逸《はや》る直親《なおちか》を近臣《きんしん》たちが抑《おさ》えにかかりました。

「早《はや》まってはなりません。今川《いまがわ》を迎《むか》え討《う》つには、それ相応《そうおう》の準備《じゅんび》が必要《ひつよう》です」

「そうです。ここはいったん叛意《はんい》なしと示《しめ》し、時間《じかん》を稼《かせ》ぎましょう。そのまま嵐《あらし》が過《す》ぎれば、それはそれでよしということで」

「桶狭間《おけはざま》の戦《たたか》い」の敗戦《はいせん》は今川《いまがわ》だけでなく、井伊《いい》も大打撃《だいだげき》を受《う》けていました。当主《とうしゅ》の直盛《なおもり》を失《うしな》っただけでなく、大勢《おおぜい》の優秀《ゆうしゅう》な家臣《かしん》まで討《う》ち死《じ》にしてしまったのです。

今現在《いまげんざい》の井伊《いい》の戦力《せんりょく》は心《こころ》もとなく、武具《ぶぐ》や武器《ぶき》も不足《ふそく》しています。それゆえ、直親《なおちか》はいきなり今川《いまがわ》から離反《りはん》するのではなく、松平元康《まつだいらもとやす》と徐々《じょじょ》に親交《しんこう》を深《ふか》め、機《き》を見《み》て行動《こうどう》に移《うつ》すつもりでここまできたのでした。

「……そうだな」

直親《なおちか》は気持《きも》ちを静《しず》め、左馬助《さまのすけ》宛《あ》てに、「氏真《うじざね》に対《たい》し、叛意《はんい》なし」という内容《ないよう》の書状《しょじょう》をしたためました。

――我《わ》が義父《ちち》・直盛《なおもり》は桶狭間《おけはざま》にて討《う》ち死《じ》にしました。仇敵《きゅうてき》である織田《おだ》に誼《ぎ》を通《つう》じる理由《りゆう》などありませぬ。

左馬助《さまのすけ》からは間《ま》もなく、「氏真様《うじざねさま》の怒《いか》りは収《おさ》まったが、直親殿《なおちかどの》自身《じしん》が駿府《すんぷ》に来《く》るようにという気持《きも》ちは変《か》わらず」との知《し》らせがきました。

(このままでは、左馬助殿《さまのすけどの》の立場《たちば》も悪《わる》くなる……)

駿府《すんぷ》で肩身《かたみ》の狭《せま》い思《おも》いをしている左馬助《さまのすけ》のことを思《おも》うと、胸《むね》が痛《いた》みます。

なかなか動《うご》こうとしない直親《なおちか》を、小野但馬守政次《おのたじまのかみまさつぐ》が焚《た》きつけました。

「なにをためらっておられるのですか。叛意《はんい》がないのであれば直親様自身《なおちかさまじしん》が駿府《すんぷ》へ赴《おもむ》き、氏真様《うじざねさま》の前《まえ》で弁明《べんめい》すれば済《す》む話《はなし》ですぞ」

「……こうなれば、駿府《すんぷ》へ行《い》こう」

直親《なおちか》は叛意《はんい》がないことを表《あらわ》すため、十八人《にん》というわずかな供連《ともづ》れで駿府《すんぷ》へ向《む》かうことにしました。

見送《みおく》りに出《で》た妻《つま》の小夜《さよ》に直親《なおちか》は、こう言《い》いました。

「虎松《とらまつ》を頼《たの》むぞ。もし私《わたし》になにかあれば、直平《なおひら》のじい様《さま》と南渓和尚《なんけいおしょう》を頼《たよ》れ」

「……わかりました。道中《どうちゅう》、お気《き》をつけて」

冷《つめ》たい風《かぜ》の中《なか》、朝早《あさはや》くに直親《なおちか》は出発《しゅっぱつ》しました。

そうして、共保《ともやす》公出生《こうしゅっしょう》の井戸《いど》の近《ちか》くを通《とお》り過《す》ぎようとしたときです。

後《うし》ろから、馬《うま》が駆《か》けてくる音《おと》がしました。

「誰《だれ》だ!?」

供《とも》の者《もの》たちが身構《みがま》えますと、追《お》いかけてきたのは細身《ほそみ》の少年《しょうねん》でした。

「直親殿《なおちかどの》、見《み》てください！」

「祐殿《ゆうどの》!?」

直親《なおちか》は目《め》を丸《まる》くしました。

馬《うま》に乗《の》っていたのは、祐《ゆう》だったのです。

「わたし、馬《うま》に乗《の》れます！　身体《からだ》が覚《おぼ》えていたのですよ」

直親《なおちか》の供《とも》の者《もの》たちは皆《みな》、困《こま》ったように祐《ゆう》を見《み》つめました。普段《ふだん》は尼《あま》の姿《すがた》をしている井伊《いい》宗家《そうけ》の姫《ひめ》が、なぜこのような格好《かっこう》をして馬《うま》に乗《の》っているのか、さっぱりわけがわからないからです。

しかし、直親《なおちか》は祐《ゆう》の気持《きも》ちをわかっていました。

祐《ゆう》はついてくるつもりなのです。

「そうですか、それはよかった。では、お戻《もど》りください。見送《みおく》りなら、ここまでで結構《けっこう》ですから。さ、皆《みな》、行《い》くぞ」

供《とも》の者《もの》たちを促《うなが》し、踵《きびす》を返《かえ》した直親《なおちか》の背中《せなか》に、祐《ゆう》の言葉《ことば》が刺《さ》さりました。

「どうしても行《い》かねばならないのですか!?」

その声《こえ》に、直親《なおちか》は肩越《かたご》しに振《ふ》り返《かえ》りました。

「祐殿《ゆうどの》……。井伊谷《いいのや》を守《まも》るためです」

「でしたら、わたしもお連《つ》れください。水名様《みなさま》の墓前《ぼぜん》で経《きょう》を上《あ》げたく思《おも》います」

「それはなりません。心配《しんぱい》せずとも、私《わたし》はすぐに戻《もど》ってきます。留守《るす》の間《あいだ》、小夜《さよ》と虎松《とらまつ》を頼《たの》みます」

こう言《い》われたら、おとなしく帰《かえ》らざるを得《え》ません。

これ以上《いじょう》、無理《むり》を言《い》ってはいけないとわかりつつ、祐《ゆう》はなおも口《くち》を開《ひら》きました。

「悪《わる》い予感《よかん》がするのです……。あなた様《さま》が直満様《なおみつさま》と直義様《なおよしさま》のようになりはしないかと」

「……――」

「すみません、縁起《えんぎ》でもないことを言《い》って……」

「いえ、その格好《かっこう》、よく似合《にあ》っていますよ。では――」

直親《なおちか》は微笑《ほほえ》み、一度《ど》、周《まわ》りの景色《けしき》を眺《なが》め渡《わた》したあと、井伊谷《いいのや》を発《た》っていきました。


12月《がつ》14日《か》。

掛川城下《かけがわじょうか》に差《さ》し掛《か》かった直親《なおちか》の一行《いっこう》を、城主《じょうしゅ》の朝比奈泰朝《あさひなやすとも》の命《めい》を受《う》けた兵《へい》が囲《かこ》みました。

「井伊直親《いいなおちか》だな!?」

「駿府《すんぷ》へ攻《せ》め入《い》ろうとする逆賊《ぎゃくぞく》を討《う》ち取《と》れ！」

「待《ま》て！　我《われ》らは叛意《はんい》なきことを伝《つた》えるため、駿府《すんぷ》に向《む》かう途中《とちゅう》で――ぐあっ」

自分《じぶん》をかばって前《まえ》に立《た》った近臣《きんしん》が容赦《ようしゃ》なく斬《き》られ、直親《なおちか》は刀《かたな》を抜《ぬ》きました。

「今川氏真《いまがわうじざね》、謀《はか》ったな！」

しかし、わずか十九人《にん》ではどうにもならず……。

奮戦《ふんせん》の末《すえ》、直親《なおちか》は討《う》ち取《と》られてしまったのです。

❖十九首塚《くびづか》の伝説《でんせつ》❖

みなさんは、「平将門《たいらのまさかど》の乱《らん》」を知《し》っていますか？　平将門《たいらのまさかど》は平安中期《へいあんちゅうき》、朝廷《ちょうてい》に逆《さか》らい、自《みずか》らを「新皇《しんのう》」と称《しょう》して東国《とうごく》に独立《どくりつ》した国《くに》を作《つく》ろうとした人物《じんぶつ》です（ちなみに将門《まさかど》は井伊家《いいけ》の祖《そ》・共保《ともやす》公《こう》が生《う》まれるちょうど七十年前《ねんまえ》に討《う》たれました）。東京都千代田区大手町《とうきょうとちよだくおおてまち》にある将門《まさかど》の首塚《くびづか》は有名《ゆうめい》ですが、静岡県掛川市《しずおかけんかけがわし》にも将門《まさかど》の首《くび》が埋《う》められたという伝説《でんせつ》があります。それが掛川市《かけがわし》の十九首町《じゅうくしゅちょう》にある首塚《くびづか》で、平将門《たいらのまさかど》とその家臣《かしん》たち合《あ》わせて十九人《にん》の首実検《くびじっけん》をした場所《ばしょ》だと言《い》われています。ここで首《くび》を検《あらた》めた京《きょう》の勅使《ちょくし》は「都《みやこ》に持《も》ち込《こ》めば祟《たた》りがあるかもしれないから、この場《ば》に捨《す》てよ」と命《めい》じたそうですが、将門《まさかど》を討《う》った藤原秀郷《ふじわらのひでさと》が捨《す》てずに丁重《ていねい》に葬《ほうむ》り、供養《くよう》したそうです。

奇《く》しくも掛川城下《かけがわじょうか》で不幸《ふこう》にも討《う》たれ、命《いのち》を落《お》としてしまった直親一行《なおちかいっこう》も十九人《にん》でした。将門《まさかど》の伝説《でんせつ》と交《ま》じって「十九人《にん》だった」と語《かた》られるようになったのかもしれませんが……もしかしたら今川《いまがわ》の目《め》を欺《あざむ》くために伝説《でんせつ》を〝隠《かく》れ蓑《みの》〟に、誰《だれ》かが直親《なおちか》たちの供養《くよう》をしたのかもしれませんね。

突《とっ》風《ぷう》の章《しょう》

1　曾祖父《そうそふ》・直平《なおひら》が急死《きゅうし》する——永禄《えいろく》6年《ねん》（1563年《ねん》）——

直親《なおちか》の遺骸《いがい》は同行《どうこう》して生《い》き残《のこ》った足軽《あしがる》たちの手《て》で運《はこ》ばれ、祝田《ほうだ》の屋敷《やしき》に戻《もど》ってきました。討《う》ち取《と》られた首《くび》は、南渓和尚《なんけいおしょう》が蜂前神社《はちさきじんじゃ》の宮司《ぐうじ》を使《つか》いに出《だ》して掛川城《かけがわじょう》からもらい受《う》け、首《くび》と胴体《どうたい》をつなぎ合《あ》わせてから、棺《ひつぎ》に納《おさ》められました。

そうして、祝田《ほうだ》の屋敷《やしき》に近《ちか》い、都田川《みやこだがわ》の河原《かわら》に薪《まき》を摘《つ》み、直親《なおちか》は荼毘《だび》に付《ふ》されたのです。

南渓和尚《なんけいおしょう》の後《うし》ろで、祐《ゆう》は直親《なおちか》の冥福《めいふく》を祈《いの》り、ひたすら経《きょう》を唱《とな》えました。

（直親殿《なおちかどの》……。あのとき、止《と》めていたら……いえ、止《と》めることなど、わたしにできただろうか——……）

赤々《あかあか》と燃《も》える炎《ほのお》を見《み》つめながら、祐《ゆう》は直親《なおちか》との思《おも》い出《で》を振《ふ》り返《かえ》りました。

幼《おさな》き日《ひ》、水名《みな》について一緒《いっしょ》に共保公《ともやすこう》の井戸《いど》に行《い》ったこと、許婚《いいなずけ》として改《あらた》めて顔《かお》を合《あ》わせたときのこと、よく直親《なおちか》の笛《ふえ》を聴《き》いていたこと、城《しろ》から眼下《がんか》に広《ひろ》がる井伊谷《いいのや》の景色《けしき》を眺《なが》めたこと……。

こみ上《あ》げてきた涙《なみだ》は静《しず》かに頬《ほお》を伝《つた》い、流《なが》れ落《お》ちていきました。

今川《いまがわ》からは「直親《なおちか》の子《こ》・虎松《とらまつ》の命《いのち》も取《と》れ」と言《い》ってきましたが、これは新野左馬助《にいのさまのすけ》が必死《ひっし》になって止《と》めに入《はい》ってくれました。左馬助《さまのすけ》は自分《じぶん》のせいで直親《なおちか》が殺《ころ》されたと思《おも》っていたので、直親《なおちか》の子《こ》の命《いのち》はなんとしても守《まも》ろうとしてくれたのです。

しかし、今川氏真《いまがわうじざね》が許《ゆる》したとはいえ、いつ小野但馬守政次《おのたじまのかみまさつぐ》の魔《ま》の手《て》が伸《の》びないとも限《かぎ》りません。

そこで、左馬助《さまのすけ》は井伊谷城《いいのやじょう》のすぐ近《ちか》くにある自身《じしん》の屋敷《やしき》に小夜《さよ》と虎松《とらまつ》を匿《かくま》うことにし、母子《ぼし》ともに安全《あんぜん》な場所《ばしょ》に移《うつ》しました。

井伊家《いいけ》の当主《とうしゅ》には、曾祖父《そうそふ》の直平《なおひら》が復帰《ふっき》することになりました。

「まったく、長生《ながい》きなどするものじゃないな。また孫《まご》に先立《さきだ》たれてしまうなど……」

直平《なおひら》は齢《よわい》八十四。

とっくに隠居《いんきょ》していた身《み》ですが、次代《じだい》を継《つ》ぐべき虎松《とらまつ》は幼少《ようしょう》で、なおかつ命《いのち》を狙《ねら》われているのですから仕方《しかた》ありません。

「虎松《とらまつ》が元服《げんぷく》するまで、わしは死《し》なんぞ！」

「ええ、その意気《いき》ですよ。ひいじい様《さま》」

祐《ゆう》は笑《わら》って曾祖父《そうそふ》を励《はげ》ましましたが、その直平《なおひら》も戦《いくさ》に駆《か》り出《だ》されることになりました。

翌年《よくとし》の永禄《えいろく》6年《ねん》（1563年《ねん》）9月《がつ》、今川氏真《いまがわうじざね》が織田《おだ》を攻《せ》めるために挙兵《きょへい》し、直平《なおひら》にも出陣命令《しゅつじんめいれい》が下《くだ》されたのです。

「氏真《うじざね》には娘《むすめ》の水名《みな》を殺《ころ》された。今川《いまがわ》のために兵《へい》を動《うご》かすのは本意《ほんい》ではないが……こうなれば、直盛《なおもり》の仇《かたき》でも討《う》ってくるかのう」

直平《なおひら》は八十五歳《さい》の老体《ろうたい》に鞭打《むちう》って、出発《しゅっぱつ》していきました。

「その意気《いき》ですよ、ひいじい様《さま》。ご武運《ぶうん》を」

祐《ゆう》はいつものように笑《わら》って直平《なおひら》を見送《みおく》りましたが、心《こころ》の中《なか》は不安《ふあん》でいっぱいでした。

（ひいじい様《さま》……無事《ぶじ》にお帰《かえ》りになるといいのだけれど）

けれど、またも嫌《いや》な予感《よかん》は当《あ》たってしまいました。

強風《きょうふう》のある夜《よる》、井伊《いい》の陣営《じんえい》から失火《しっか》し、またたく間《ま》に周辺《しゅうへん》の民家《みんか》を焼《や》くという事態《じたい》が起《お》き――。これを今川《いまがわ》に対《たい》する謀反《むほん》ととらえられてしまったのです。

新野左馬助《にいのさまのすけ》が直平《なおひら》をかばい、氏真《うじざね》にとりなしてくれましたが、氏真《うじざね》は「ならば改《あらた》めて今《いま》川《がわ》に対《たい》する忠誠心《ちゅうせいしん》を見《み》せよ」と言《い》ってきかず――。直平《なおひら》に対《たい》し、武田《たけだ》に寝返《ねがえ》った天野氏《あまのし》の城《しろ》を落《お》としてみせよ、と命《めい》じました。

ですが……仕方《しかた》なく兵《へい》を率《ひき》いて出発《しゅっぱつ》した直平《なおひら》は、敵《てき》の城《しろ》に乗《の》り込《こ》む前《まえ》に命《いのち》を落《お》としてしまいました。どうやら、今川方《いまがわがた》に毒《どく》を盛《も》られたらしいのです。

(ひいじい様《さま》までも……!)

直平《なおひら》の死《し》の衝撃《しょうげき》が癒《い》えぬまま、井伊家《いいけ》はまたもや不幸《ふこう》に見舞《みま》われました。

永禄《えいろく》７年《ねん》(１５６４年《ねん》)９月《がつ》、今川《いまがわ》に謀反《むほん》を起《お》こした飯尾氏《いいおし》の城攻《しろぜ》めを命《めい》じられた井伊《いい》家《け》の重臣《じゅうしん》・中野直由《なかのなおよし》と新野左馬助《にいのさまのすけ》が出陣《しゅつじん》。激《はげ》しい戦《たたか》いの末《すえ》、ふたりとも敵《てき》の城下《じょうか》で壮絶《そうぜつ》な死《し》を遂《と》げてしまったのです。

こうして、また井伊家《いいけ》を束《たば》ねる男《おとこ》たちがいなくなり……井伊家《いいけ》には筆頭家老《ひっとうがろう》の小野但馬《おのたじま》守政次《のかみまさつぐ》が、ひとり残《のこ》るかたちになったのでした。

❖直平《なおひら》に毒《どく》を飲《の》ませたのは誰《だれ》か?❖

家康《いえやす》が離反《りはん》したのを機《き》に今川《いまがわ》から離《はな》れる者《もの》たちが続出《ぞくしゅつ》したため、氏真《うじざね》がこれを「三州錯乱《さんしゅうさくらん》」と称《しょう》したと物語中《ものがたりちゅう》に書《か》きましたが、その影響《えいきょう》が三河《みかわ》にとどまらず遠江《とおとうみ》にも及《およ》んだため、氏真《うじざね》はこの動《うご》きを「遠州忩劇《えんしゅうそうげき》」と呼《よ》びました。「直親謀反《なおちかむほん》の疑《うたが》い」はこれに相当《そうとう》します。

今川《いまがわ》から見《み》て井伊氏《いいし》は甚《はなは》だ信用《しんよう》ならない相手《あいて》だったので、直平《なおひら》の軍《ぐん》が陣中《じんちゅう》で起《お》こした失火《しっか》も「これは謀反《むほん》か!?」と疑《うたが》われても仕方《しかた》のないことでした。氏真《うじざね》は信長《のぶなが》と直平《なおひら》の軍《ぐん》に挟《はさ》まれるのを恐《おそ》れ、掛川城《かけがわじょう》に避難《ひなん》したのです。

さて、直親《なおちか》のときと同様《どうよう》、新野左馬助《にいのさまのすけ》が直平《なおひら》の無実《むじつ》を氏真《うじざね》にとりなし、なんとか怒《いか》りの矛先《ほこさき》を収《おさ》めたように見《み》えましたが……。天野氏《あまのし》攻《ぜ》めに向《む》かう途中《とちゅう》、飯尾連龍《いいおつらたつ》の曳馬城《ひくまじょう》に立《た》ち寄《よ》った直平《なおひら》は、連龍《つらたつ》の妻《つま》・お田鶴《たづ》の方《かた》に毒入《どくい》りの茶《ちゃ》を振《ふ》る舞《ま》われ、城《しろ》を出立後《しゅったつご》、有玉《ありたま》という地《ち》で落馬《らくば》して亡《な》くなったと言《い》われています。これはもちろん、このお田鶴《たづ》の方《かた》の独断《どくだん》ではなく、今川《いまがわ》の指図《さしず》であっただろうことは想像《そうぞう》に難《かた》くありません。

2 直虎《なおとら》、城主《じょうしゅ》となる――永禄《えいろく》8年《ねん》（1565年《ねん》）――

このままでは、五百年《ひゃくねん》続《つづ》いてきた歴史《れきし》を誇《ほこ》る井伊家《いいけ》が途絶《とだ》えてしまう……。

男《おとこ》たちの相次《あいつ》ぐ死《し》に、井伊家《いいけ》を守《まも》るため、南渓和尚《なんけいおしょう》は動《うご》き出《だ》しました。

まず、新野左馬助《にいのさまのすけ》という後《うし》ろ盾《だて》を失《うしな》った虎松《とらまつ》の身《み》が危《あぶ》ない――ということで、虎松《とらまつ》を龍《りょう》潭寺《たんじ》に移《うつ》し、その際《さい》、虎松《とらまつ》の母《はは》・小夜《さよ》を実家《じっか》に帰《かえ》すことにしたのです。

小夜《さよ》は実家《じっか》に帰《かえ》る前《まえ》にお地蔵様《じぞうさま》を祀《まつ》り、そのそばに梛《なぎ》の木《き》を植《う》えました。〝なぎ〟は風《かぜ》や波《なみ》がおだやかになる例《たと》えで、昔《むかし》から災難《さいなん》が収《おさ》まるといわれているのです。

「この子《こ》が無事《ぶじ》に育《そだ》ってくれることだけが、私《わたし》の望《のぞ》みです。祐様《ゆうさま》、虎松《とらまつ》をどうぞよろしくお願《ねが》いします」

「はい。虎松《とらまつ》は井伊家《いいけ》の大事《だいじ》な後継《あとつ》ぎですから」

小夜《さよ》にしっかりとうなずいてみせてから、祐《ゆう》は身《み》をかがめ、虎松《とらまつ》と目《め》を合《あ》わせました。

「虎松《とらまつ》、松岳院《しょうがくいん》にはおばあ様《さま》もおりますゆえ。さみしくありませんよ」

こくん、と虎松《とらまつ》がうなずきます。

(虎松《とらまつ》はまだ数《かぞ》えで四歳《さい》。この歳《とし》で母親《ははおや》と離《はな》れなければならないとは……)

そう思《おも》うとかわいそうですが、仕方《しかた》ありません。

こうして虎松《とらまつ》を引《ひ》き取《と》ると、南渓和尚《なんけいおしょう》は「大事《だいじ》な話《はなし》がある」と言《い》って、祐《ゆう》を呼《よ》び出《だ》しました。

「少《すこ》し歩《ある》こうかの」

「はい」

南渓和尚《なんけいおしょう》が歩《ある》き出《だ》し、祐《ゆう》もそのあとをついていきます。

着《つ》いた先《さき》は、共保公出生《ともやすこうしゅっしょう》の井戸《いど》でした。

「始祖様《しそさま》は、この井戸《いど》からお生《う》まれになった……。ゆえに、水神《すいじん》の生《う》まれかわりとも言《い》われておる。おまえには、その血《ち》が流《なが》れておる」

「はい。それを誇《ほこ》りに思《おも》って、これまで生《い》きてまいりました」

「井伊《いい》家《け》の男《おとこ》たちもそうじゃった。皆《みな》、その誇《ほこ》りを胸《むね》に生《い》き……そして、死《し》んでいった」

南渓和尚《なんけいおしょう》は遠《とお》い目《め》をし、井伊谷《いいのや》を囲《かこ》む山々《やまやま》を見渡《みわた》しました。

「知《し》っていると思《おも》うが、わしにはその血《ち》が流《なが》れておらぬ。直平《なおひら》の父上《ちちうえ》の養子《ようし》となり、井伊《いい》家《け》の先祖《せんぞ》の菩提《ぼだい》を弔《とむら》うため、出家《しゅっけ》し、これまで経《きょう》を上《あ》げて生《い》きてまいった」

「はい……。しかしながら、大叔父上《おおおじうえ》。わたしをはじめ井伊《いい》家中《かちゅう》の者《もの》は皆《みな》、大叔父上《おおおじうえ》を尊《そん》敬《けい》しています。血《ち》のつながりなど関係《かんけい》ありません」

「そうか、それはうれしいが……。血《ち》のつながりは重要《じゅうよう》な意味《いみ》を持《も》つもの。決《けっ》して、無視《むし》できぬ」

そう言《い》って、南渓和尚《なんけいおしょう》は祐《ゆう》を振《ふ》り返《かえ》りました。

「虎松《とらまつ》はまだ幼《おさな》く、井伊《いい》家《け》を背負《せお》うのは無理《むり》だ。そこでだ、祐《ゆう》……いや、次郎法師《じろうほうし》よ。出《しゅっ》家《け》する際《さい》、わしが言《い》ったことを覚《おぼ》えておるか」

「大事《だいじ》な話《はなし》とは、そのことですか？　大叔父上《おおおじうえ》は、わたしに還俗《げんぞく》せよ……と？　ですが、わたしは男《おとこ》として出家《しゅっけ》した身《み》。今《いま》さら婿《むこ》を取《と》って子《こ》を生《な》すこともできませぬ」

祐《ゆう》はもう三十を数《かぞ》えます。

この時代《じだい》の女性《じょせい》としては、とっくに行《い》き遅《おく》れです。

すると、南渓和尚《なんけいおしょう》は「違《ちが》う」と首《くび》を振《ふ》り、まっすぐに祐《ゆう》を見《み》つめてきました。

「虎松《とらまつ》が家督《かとく》を継《つ》げるようになるまで、おまえが井伊家《いいけ》を守《まも》るのだ」

「わたしが？　ですが、わたしは女《おんな》ですよ？」

「女《おんな》であっても領主《りょうしゅ》を務《つと》めた例《れい》はある。虎松《とらまつ》が家督《かとく》を継《つ》ぐまでの間《あいだ》じゃ。おまえは井伊宗《いいそう》家《け》の姫《ひめ》。おまえがいちばんふさわしい」

「……──」

井伊宗《いいそう》家《け》の姫《ひめ》。

祐《ゆう》は、その言葉《ことば》を噛《か》みしめました。

井伊宗家《いいそうけ》の姫《ひめ》だから直親《なおちか》を婿《むこ》にするはずでしたし、小野和泉守《おのいずみのかみ》も息子《むすこ》を婿《むこ》に入《い》れようと画策《かくさく》したこともあったのです。

冬《ふゆ》の風《かぜ》が、祐《ゆう》が着《き》ている墨染《すみぞめ》の衣《ころも》に吹《ふ》きつけます。

それはまるで、この衣《ころも》を早《はや》く脱《ぬ》ぎ捨《す》てよ、と命《めい》じているようでした。

「そのための名《な》も考《かんが》えた。以後《いご》、『直虎《なおとら》』と名乗《なの》るがよい」

「直虎《なおとら》……？」

「勇《いさ》ましい名前《なまえ》じゃろう。おまえの顔《かお》を知《し》らぬ者《もの》は、決《けっ》して女《おんな》だと思《おも》うまい。『直《なお》』は、第《だい》三代《だい》共直公《ともなおこう》以来《いらい》の井伊家《いいけ》の通字《つうじ》。それに、虎松《とらまつ》の『虎《とら》』をつけた。つまりは、虎松《とらまつ》が家督《かとく》を継《つ》ぐまでの間《あいだ》をつなぐという意味《いみ》を込《こ》めたのじゃ」

「直虎《なおとら》……」

（それが、わたしの名《な》――）

祐《ゆう》は、胸《むね》の奥《おく》に熱《あつ》い火《ひ》が灯《とも》ったのを感《かん》じました。

井伊宗家《いいそうけ》を守《まも》る。

（それが、わたしの運命《うんめい》――！）

風《かぜ》が、強《つよ》く吹《ふ》き抜《ぬ》けて……。

祐《ゆう》の瞳《ひとみ》に決意《けつい》が宿《やど》ったことを感《かん》じ、南渓和尚《なんけいおしょう》も深《ふか》くうなずきます。

「実《じつ》はな、おまえが家督《かとく》を継《つ》ぐことに関《かん》しては、今川《いまがわ》からも了承《りょうしょう》を得《え》ておる。小野但馬守《おのたじまのかみ》政次《まさつぐ》からも異論《いろん》はなかった」

「そうなのですか」

祐《ゆう》は意外《いがい》に思《おも》いました。小野但馬守《おののたじまのかみ》は井伊家《いいけ》を乗《の》っ取《と》ろうとしているとばかり思《おも》っていましたし、今川《いまがわ》もまさか女《おんな》が継《つ》ぐことを許《ゆる》すとは思《おも》わなかったからです。

「寿桂尼様《じゅけいにさま》が後押《あとお》ししてくださったとの噂《うわさ》じゃ。女《おんな》でも立派《りっぱ》に当主《とうしゅ》は務《つと》まると、な」

寿桂尼《じゅけいに》は今川義元《いまがわよしもと》の母《はは》で、現今川家当主《げんいまがわけとうしゅ》・氏真《うじざね》の祖母《そぼ》にあたります。

義元《よしもと》の父《ちち》・今川氏親《いまがわうじちか》が制定《せいてい》した「今川仮名目録《いまがわかなもくろく》」の作成《さくせい》の際《さい》、病床《びょうしょう》の氏親《うじちか》に代《か》わって采《さい》配《はい》を振《ふ》るい、氏親《うじちか》のあとに家督《かとく》を継《つ》いだ長男《ちょうなん》・氏輝《うじてる》を支《ささ》え、「花倉《はなくら》の乱《らん》」では五男《なん》・義元《よしもと》に家督《かとく》を継《つ》がせるべく奔走《ほんそう》し……それゆえ、〝女戦国大名《おんなせんごくだいみょう》〟と謳《うた》われた女性《じょせい》です。

「わかりました。寿桂尼様《じゅけいにさま》のようにはいかぬかもしれませぬが、一所懸命《いっしょけんめい》、努《つと》めましょう」

寿桂尼《じゅけいに》の存在《そんざい》に大《おお》いに励《はげ》まされ、祐《ゆう》は周《まわ》りの景色《けしき》に目《め》をやりました。

そうして、年《とし》が明《あ》けて、永禄《えいろく》8年《ねん》（1565年《ねん》）元旦《がんたん》。

日《ひ》の出《で》とともに祐《ゆう》は共保公出生《ともやすこうしゅっしょう》の井戸《いど》の水《みず》を汲《く》みに行《い》き、直平《なおひら》、直宗《なおむね》、直盛《なおもり》、直親《なおちか》の墓《ぼ》前《ぜん》にそれぞれ供《そな》えました。

それから松岳院《しょうがくいん》に向《む》かい、母《はは》にあいさつしました。

「母上《ははうえ》、これから行《い》ってまいります」

「ええ、祐《ゆう》……しっかりね」

「はい。では、その前《まえ》に虎松《とらまつ》と話《はなし》を――」

そうして祐《ゆう》は、虎松《とらまつ》とふたりきりになりました。

（面差《おもざ》しが直親殿《なおちかどの》に似《に》ている……）

五歳《さい》になった虎松《とらまつ》は、幼《おさな》い頃《ころ》の直親《なおちか》にそっくりです。

（直親殿《なおちかどの》……）

せつなさがこみ上《あ》げてきましたが、祐《ゆう》は毅然《きぜん》として顔《かお》を上《あ》げました。

「井伊宗家《いいそうけ》を継《つ》いだ直虎《なおとら》だ。今日《きょう》からわたしは、おまえの父《ちち》となり母《はは》となろう。おまえはいずれ井伊宗家《いいそうけ》を背負《せお》って立《た》つ者《もの》として、武芸《ぶげい》に励《はげ》み、教養《きょうよう》を磨《みが》くのだ。わかったな」

「……はい！」

虎松《とらまつ》は幼《おさな》いながらも凛《りん》とした声《こえ》で、返事《へんじ》をしました。

澄《す》んだ瞳《ひとみ》でこちら見《み》つめてくる虎松《とらまつ》を見《み》て、祐《ゆう》――いえ、直虎《なおとら》は「うむ」とうなずきました。

虎松《とらまつ》は直虎《なおとら》が女《おんな》だということをもちろん知《し》ってはいますが、あらかじめ南渓和尚《なんけいおしょう》から話《はなし》を聞《き》いたためか、とまどいはないようです。

（まっすぐな目《め》をしている……。この子《こ》は井伊家《いいけ》を背負《せお》うにふさわしい武将《ぶしょう》になるに違《ちが》いない）

直虎《なおとら》はそう確信《かくしん》し、南渓和尚《なんけいおしょう》とともに井伊谷城《いいのやじょう》へ向《む》かいました。

正月《しょうがつ》の評定《ひょうじょう》の席《せき》で、井伊家中《いいかちゅう》の者《もの》たちに改《あらた》めて、直虎《なおとら》は当主《とうしゅ》としてのあいさつをすることになりました。

「ひ、姫様《ひめさま》？」

「あの恰好《かっこう》は――」

広間《ひろま》に入《はい》ってきた直虎《なおとら》を見《み》るなり、家臣《かしん》たちは皆《みな》、驚《おどろ》いた顔《かお》をしました。

姫《ひめ》が尼《あま》の姿《すがた》ではなく、袴姿《はかますがた》で入《はい》ってきたからです。

髪《かみ》を結《むす》んだ祐《ゆう》の顔《かお》は凛々《りり》しく、少年武者《しょうねんむしゃ》のようでした。

直虎《なおとら》は上座《かみざ》に座《すわ》り、悠然《ゆうぜん》と居並《いなら》ぶ家臣《かしん》たちを見渡《みわた》してから、口《くち》を開《ひら》きました。

「皆《みな》、そろっておるな。井伊宗家《いいそうけ》を継《つ》いだ直虎《なおとら》だ。わたしは井伊谷《いいのや》のため、力《ちから》を惜《お》しまず、当主《とうしゅ》としての務《つと》めを果《は》たしていくつもりだ。皆《みな》、よろしく頼《たの》む」

凛《りん》とした声《こえ》が広間《ひろま》に響《ひび》き渡《わた》り……。

しばらくの沈黙《ちんもく》ののち、家臣《かしん》たちは「おお……」と目《め》を輝《かがや》かせて沸《わ》き立《た》ちました。

「直虎様《なおとらさま》か！」

「勇《いさ》ましいお名前《なまえ》じゃ」

「なんと美《うつく》し……いや、凛々《りり》しい！」

そんな中《なか》、筆頭家老《ひっとうがろう》の小野但馬守政次《おのたじまのかみまさつぐ》があいさつしてきました。

「この先《さき》は直虎様《なおとらさま》を当主《とうしゅ》と仰《あお》ぎ、お支《ささ》えしていきまする」

「うむ、頼《たの》むぞ、政次《まさつぐ》」

「ははっ」

深々《ふかぶか》と頭《あたま》を下《さ》げる但馬守《たじまのかみ》を見《み》ても、不信感《ふしんかん》が拭《ぬぐ》いきれませんでしたが――……。

（ひいじい様《さま》、おじい様《さま》、父上《ちちうえ》……そして、直親様《なおちかさま》。虎松《とらまつ》が家督《かとく》を継《つ》ぐまでの間《あいだ》、わたしが立派《りっぱ》に当主《とうしゅ》の務《つと》めを果《は》たせるよう見守《みまも》ってください）

と心《こころ》の奥《おく》で、直虎《なおとら》は亡《な》き者《もの》たちに祈《いの》ったのでした。

❖女戦国大名《おんなせんごくだいみょう》・寿桂尼《じゅけいに》❖

今川義元《いまがわよしもと》の母《はは》として知《し》られる、寿桂尼《じゅけいに》。もとは公家《くげ》のお姫様《ひめさま》です。

彼女《かのじょ》は「歸《とつぐ》」という字《じ》を彫《ほ》った印判《いんばん》を使《つか》い、実際《じっさい》に文書《もんじょ》を発行《はっこう》。領国経営《りょうごくけいえい》に携《たずさ》わっていたことから、「女戦国大名《おんなせんごくだいみょう》」と呼《よ》ばれています。

寿桂尼《じゅけいに》は病弱《びょうじゃく》の夫《おっと》を支《ささ》え、家督《かとく》を継《つ》いだ長男《ちょうなん》を補佐《ほさ》し、その長男《ちょうなん》が亡《な》くなると、今度《こんど》は五男《なん》の義元《よしもと》を当主《とうしゅ》の座《ざ》につけようと、室町幕府《むろまちばくふ》に直接掛《ちょくせつか》け合《あ》ったりしました。母《はは》のおかげもあって無事《ぶじ》に家督《かとく》を継《つ》いだ義元《よしもと》は、その後《ご》、家《いえ》を盛《も》り立《た》て今川《いまがわ》の全盛期《ぜんせいき》を築《きず》きます。

彼女《かのじょ》は義元《よしもと》が「桶狭間《おけはざま》の戦《たたか》い」で没《ぼっ》した八年後《ねんご》に亡《な》くなりますが、「死《し》しても今川《いまがわ》の守護《しゅご》たらん」と今川館《いまがわやかた》の鬼門《きもん》にあたる寺《てら》に自身《じしん》を葬《ほうむ》るよう遺言《ゆいごん》したそうです。

死《し》んだあとも今川家《いまがわけ》を守《まも》ろうとした、彼女《かのじょ》の強《つよ》さを感《かん》じるエピソードですよね。

逆《ぎゃく》風《ふう》の章《しょう》

1 直虎《なおとら》、井伊谷城《いいのやじょう》を追《お》われる——永禄《えいろく》11年《ねん》（1568年《ねん》）——

井伊宗家《いいそうけ》を継《つ》ぎ、新《あたら》しく井伊谷《いいのや》の領主《りょうしゅ》となった直虎《なおとら》は、今川氏真《いまがわうじざね》にあいさつをするべく、南渓和尚《なんけいおしょう》とともに駿府《すんぷ》に向《む》かうことになりました。

（思《おも》えば、初《はじ》めてね。井伊谷《いいのや》を出《で》るのは……）

大切《たいせつ》な人《ひと》たちをすべて今川《いまがわ》のせいで失《うしな》っているとはいえ、ここは耐《た》えて忠誠《ちゅうせい》を誓《ちか》い、叛《はん》意《い》のないことを示《しめ》さねばなりません。

「大《おお》きな町《まち》ですね……」

駿府《すんぷ》に来《き》た直虎《なおとら》は、町《まち》の様子《ようす》に目《め》をみはりました。

「ここ駿府《すんぷ》は、〝東国《とうごく》の京《きょう》〟と謳《うた》われておる。しかし、だいぶ活気《かっき》が失《うしな》われたの……。義《よし》元公《もとこう》が生《い》きておられた頃《ころ》は、もっとにぎわっておった」

義元《よしもと》の母《はは》・寿桂尼《じゅけいに》が京《きょう》の公家出身《くげしゅっしん》の姫《ひめ》であることと、義元自身《よしもとじしん》が子《こ》どもの頃《ころ》、京《きょう》の寺《てら》で修行《しゅぎょう》していたことなどから、今川家《いまがわけ》は京《きょう》の都《みやこ》と縁《えん》が深《ふか》く、そのため、多《おお》くの公家《くげ》が都《みやこ》を離《はな》れて訪《おとず》れたり、住《す》んだりしたことから、京《きょう》のように発展《はってん》したようです。

(けれど義元公《よしもとこう》がいなくなったとはいえ、まだこれだけ豊《ゆた》かなのね。井伊谷《いいのや》は狭《せま》い……とてもかなわないわ)

今川《いまがわ》の大《おお》きさを改《あらた》めて感《かん》じつつ、直虎《なおとら》は今川館《いまがわやかた》にて氏真《うじざね》に対面《たいめん》しました。

「南渓《なんけい》か。父上《ちちうえ》の葬儀《そうぎ》の折《おり》は、ご苦労《くろう》であったな」

「桶狭間《おけはざま》の戦《たたか》い」で討《う》ち死《じ》にした今川義元《いまがわよしもと》の葬儀《そうぎ》の際《さい》、南渓《なんけい》は大勢《おおぜい》の僧《そう》たちとともに参加《さんか》し、安骨《あんこつ》の大道師《だいどうし》――収骨《しゅうこつ》を終《お》えて祭壇《さいだん》に安置《あんち》する役目《やくめ》を果《は》たしたのです。

「はっ……」

南渓《なんけい》は深々《ふかぶか》と頭《あたま》を下《さ》げてから、後《うし》ろに控《ひか》えている直虎《なおとら》を見《み》ました。

「氏真様《うじざねさま》、このたび、井伊《いい》宗家《そうけ》を継《つ》いだ直虎《なおとら》でございます」

「井伊直虎《いいなおとら》と申《もう》します。始祖《しそ》・共保公《ともやすこう》以来《いらい》、五百年《ひゃくねん》……。その歴史《れきし》の重《おも》みをしかと受《う》け止《と》め、井伊谷《いいのや》の繁栄《はんえい》に力《ちから》を尽《つ》くし、今川《いまがわ》にお仕《つか》えいたしまする」

凛《りん》とした声《こえ》で直虎《なおとら》があいさつしますと、氏真《うじざね》は軽《かる》く目《め》をみはりました。

「ほお……。女《おんな》が継《つ》いだと聞《き》いたが、なかなか凛々《りり》しいではないか。しかし、恰好《かっこう》だけ男《おとこ》にしたところで領国経営《りょうごくけいえい》はそう簡単《かんたん》にはうまくいかぬぞ。心《こころ》してかかれよ」

少《すこ》し腹《はら》は立《た》ちましたが、氏真《うじざね》に皮肉《ひにく》られることは予想《よそう》していたので、直虎《なおとら》は顔色《かおいろ》を変《か》えず、丁寧《ていねい》に頭《あたま》を下《さ》げました。

「ははっ。肝《きも》に銘《めい》じます」

「……そうじゃ、おばば様《さま》に会《お》うて行《い》け。女《おんな》が城持《しろも》ちになったと聞《き》いて、喜《よろこ》んでおったからのう」

氏真《うじざね》にそう言《い》われ、直虎《なおとら》は寿桂尼《じゅけいに》と面会《めんかい》することになりました。

（この方《かた》が、寿桂尼様《じゅけいにさま》……）

寿桂尼《じゅけいに》はだいぶ年老《としお》いていましたが、公家出身《くげしゅっしん》の姫《ひめ》だったという出自《しゅつじ》が示《しめ》すように、なんともいえない気品《きひん》を漂《ただよ》わせていました。

会《あ》った瞬間《しゅんかん》、

（人間《にんげん》として、とても美《うつく》しい方《かた》だわ）

と直虎《なおとら》は寿桂尼《じゅけいに》にたちまち魅《み》せられてしまいました。

「井伊家当主《いいけとうしゅ》、直虎《なおとら》にございます」

「このたびは、おめでとうございます。五百年《ひゃくねん》も続《つづ》く名家《めいか》を女《おんな》が継《つ》いだと聞《き》き、とてもうれしく思《おも》いましたよ」

寿桂尼《じゅけいに》はやさしく笑《え》み、男装《だんそう》の直虎《なおとら》を見《み》つめてきました。

「まあ、なんと凛々《りり》しい……。どこかなつかしい気《き》がすると思《おも》ったら……水名殿《みなどの》に似《に》ているのですね」

「その名《な》……大変《たいへん》なつかしゅうございます」

「水名殿《みなどの》には、かわいそうなことをしました。しかし、そのおかげで瀬名《せな》は無事《ぶじ》、夫《おっと》のところへ戻《もど》れたのですよ」

その言葉《ことば》を聞《き》き、直虎《なおとら》の目《め》に涙《なみだ》がにじんできました。

(今川《いまがわ》にも水名様《みなさま》の死《し》を悼《いた》んでくれる方《かた》がいた……！)

そう思《おも》っただけで、水名《みな》の無念《むねん》が晴《は》れたような気《き》がしたのです。

「井伊《いい》のことはいろいろ聞《き》いております。大変《たいへん》でしたね。そういえば、そなたには子《こ》がないのですか」

「はい。わたしは子《こ》どもの頃《ころ》に出家《しゅっけ》しましたゆえ……。此度《こたび》、井伊宗家《いいそうけ》を継《つ》ぐために還俗《げんぞく》した次第《しだい》」

「そうですか。子《こ》を思《おも》う母《はは》は強《つよ》いものです。けれど、そなたはそういった女《おんな》たちとは違《ちが》う強《つよ》さを持《も》っているようですね。井伊谷《いいのや》のため、お励《はげ》みなさい」

「はい！」

出発前《しゅっぱつまえ》は、駿府《すんぷ》に出向《でむ》くのは正直気《しょうじきき》が重《おも》かったのですが——。

(寿桂尼様《じゅけいにさま》に会《あ》えてよかった)

直虎《なおとら》はすがすがしい気持《きも》ちで、井伊谷《いいのや》に帰《かえ》ったのでした。

駿府《すんぷ》での氏真《うじざね》との面会《めんかい》は、なごやかに済《す》んだように見《み》えましたが、直虎《なおとら》はなにか落《お》とし穴《あな》が潜《ひそ》んでいるような気《き》がしてなりませんでした。

（女《おんな》であるわたしをすんなり認《みと》めたことといい……今川《いまがわ》はやはり井伊家《いいけ》を潰《つぶ》そうと考《かんが》えているのではないか？）

そう思《おも》った直虎《なおとら》は、南渓《なんけい》に相談《そうだん》に行《い》きました。

直虎《なおとら》の話《はなし》を聞《き》き、南渓《なんけい》も難《むずか》しい顔《かお》でうなずきました。

「実《じつ》はな、わしもそれを考《かんが》えておった。氏真様《うじざねさま》といい、小野但馬守《おののたじまのかみ》といい、どうも解《げ》せぬ。女領主《おんなりょうしゅ》なら簡単《かんたん》に追《お》い落《お》とせると思《おも》っているのではないだろうか」

「もしかして、わたしに出陣命令《しゅつじんめいれい》を下《くだ》すつもり……とか？」

戦《いくさ》で命《いのち》を落《お》とすことを狙《ねら》ってくるのでは、と直虎《なおとら》は思《おも》いましたが、南渓《なんけい》の考《かんが》えは別《べつ》のところにありました。

「戦《いくさ》の必要《ひつよう》があれば、そういう事態《じたい》にもなるやもしれぬが……。しかし、それではまた血縁《けつえん》の誰《だれ》かが、井伊家《いいけ》を背負《せお》って立《た》つという繰《く》り返《かえ》しになるだけのこと。領国経営《りょうごくけいえい》を立《た》ち行《い》かなくすれば、今川《いまがわ》が介入《かいにゅう》する隙《すき》が生《う》まれる。それを狙《ねら》っているのかもしれんな」

「徳政令《とくせいれい》――ですか」

戦《いくさ》に次《つ》ぐ戦《いくさ》で、井伊谷《いいのや》は疲弊《ひへい》しきっています。農民《のうみん》たちの借金《しゃっきん》を帳消《ちょうけ》しにするのは、一見《いっけん》、いいことのように見《み》えますが、その反面《はんめん》、寺社《じしゃ》や商人《しょうにん》たちの力《ちから》が弱《よわ》まるのは必至《ひっし》です。ひいては、国人領主《こくじんりょうしゅ》としての井伊氏《いいし》の力《ちから》が弱《よわ》まる結果《けっか》になるのです。

「わかりました。先手《せんて》を打《う》ちましょう」

直虎《なおとら》はその年《とし》――永禄《えいろく》８年《ねん》（１５６５年《ねん》）の９月《がつ》、まずは龍潭寺《りょうたんじ》の特権《とっけん》を保護《ほご》する書状《しょじょう》を発行《はっこう》しました。

そうして、新興《しんこう》の商人《しょうにん》・瀬戸《せと》方久《ほうきゅう》などの助力《じょりょく》を得《え》て、金銭面《きんせんめん》の安定《あんてい》を図《はか》りつつ領国経営《りょうごくけいえい》をこなすかたわら、直虎《なおとら》は後継《あとつ》ぎの虎松《とらまつ》の養育《よういく》もしっかりと行《おこな》いました。

「虎松《とらまつ》、脇《わき》を締《し》めよ！　刀《かたな》の重《おも》さに負《ま》けてはならぬ！」

「腰《こし》が引《ひ》けてるぞ！　馬《うま》に乗《の》るときは、馬《うま》と一体《いったい》になるのだ」

「戦《いくさ》は武力《ぶりょく》だけではない。敵《てき》の動《うご》きを予測《よそく》し、裏《うら》をかけ」

時《とき》に長刀《なぎなた》を振《ふ》るっては剣《けん》の稽古《けいこ》につきあい、時《とき》に馬《うま》を駆《か》っては井伊谷《いいのや》の様子《ようす》を見《み》せ、時《とき》に書《しょ》をめくっては兵法《へいほう》など武将《ぶしょう》にとって必要《ひつよう》な知識《ちしき》と教養《きょうよう》を叩《たた》き込《こ》んだのです。

こうして、またたくまに時《とき》は過《す》ぎていき——。

永禄《えいろく》9年《ねん》（1566年《ねん》）、領民《りょうみん》たちの要請《ようせい》を受《う》けたとして、今川氏真《いまがわうじざね》が井伊谷《いいのや》とその周辺《しゅうへん》の祝田《ほうだ》など、井伊家《いいけ》の領内《りょうない》に徳政令《とくせいれい》を出《だ》してきました。

しかし、この徳政令《とくせいれい》は実行《じっこう》されませんでした。

なぜなら、直虎《なおとら》が握《にぎ》りつぶしたからです。

（農民《のうみん》たちには悪《わる》いけれど、今《いま》、この徳政令《とくせいれい》を実行《じっこう》したら、井伊谷《いいのや》は今川《いまがわ》にいいようにされてしまう……）

直虎《なおとら》はその後《ご》も、今川《いまがわ》からの徳政令《とくせいれい》を無視《むし》し続《つづ》けました。

駿府《すんぷ》の今川氏真《いまがわうじざね》もそうでしたが、これをおもしろく思《おも》わない者《もの》が井伊家中《いいかちゅう》にいました。本来《ほんらい》ならば、井伊家《いいけ》を盛《も》り立《た》てるはずの筆頭家老《ひっとうがろう》・小野但馬守政次《おのたじまのかみまさつぐ》です。

(女《おんな》だから御《ぎょ》しやすいと思《おも》っていたが、こうまで今川《いまがわ》に楯突《たてつ》くとは)

直虎《なおとら》が案外《あんがい》、頑固《がんこ》なので、政次《まさつぐ》は駿府《すんぷ》まで出《で》かけて行《い》き、

「井伊谷《いいのや》の徳政《とくせい》がいまだ実行《じっこう》されないのは、井伊家《いいけ》の当主《とうしゅ》が自分《じぶん》ひとりの考《かんが》えでもって握《にぎ》りつぶしているからである。農民《のうみん》たちを救《すく》うための徳政令《とくせいれい》であるのに、金《かね》を貸《か》し、私腹《しふく》を肥《こ》やしている銭主《せんしゅ》たちのほうを保護《ほご》するとは、なんたることか」

という催促状《さいそくじょう》を今川《いまがわ》の重臣《じゅうしん》から発行《はっこう》してもらったりしました。

そうした政次《まさつぐ》の暗躍《あんやく》が功《こう》を奏《そう》し……。

永禄《えいろく》11年《ねん》（1568年《ねん》）11月《がつ》。

今川《いまがわ》から重臣《じゅうしん》の関口氏経《せきぐちうじつね》が送《おく》り込《こ》まれたことで直虎《なおとら》はついに折《お》れ、二年間凍結《ねんかんとうけつ》させていた徳政令《とくせいれい》を実行《じっこう》せざるを得《え》なくなりました。

その旨《むね》をしたためた文書《ぶんしょ》の最後《さいご》に、「直虎《なおとら》」と自身《じしん》の署名《しょめい》と花押《かおう》を入《い》れ、直虎《なおとら》は悔《くや》しさに唇《くちびる》を噛《か》みました。

「今川《いまがわ》の介入《かいにゅう》を許《ゆる》してしまった……実《じつ》に無念《むねん》です」

そんな直虎《なおとら》を、南渓《なんけい》が励《はげ》まします。

「直虎《なおとら》、今《いま》までよくやった。一部《いちぶ》の農民《のうみん》からは反感《はんかん》も買《か》っただろうが、おまえがこの二年《ねん》踏《ふ》ん張《ば》ったおかげで、領内《りょうない》の混乱《こんらん》は最低限《さいていげん》で収《おさ》まったぞ」

「けれど、わたしは井伊家《いいけ》を守《まも》ることができませんでした。御先祖様《ごせんぞさま》に顔向《かおむ》けできません……」

今川氏真《いまがわうじざね》は直虎《なおとら》を領主《りょうしゅ》の座《ざ》から外《はず》し、代《か》わりに小野但馬守政次《おのたじまのかみまさつぐ》にまかせることにしたのです。

これにより小野但馬守《おのたじまのかみ》は、ついに井伊谷《いいのや》を我《わ》がものとしたのです。

長年《ながねん》、井伊氏《いいし》を苦《くる》しめてきた小野氏《おのし》に、五百年《ひゃくねん》の歴史《れきし》ある土地《とち》を自分《じぶん》の代《だい》で奪《うば》われたことも、直虎《なおとら》は無念《むねん》でなりません。

「大叔父上《おおおじうえ》、これからどうすればいいのでしょうか」

「気弱《きよわ》になってはいかん。井伊家《いいけ》には虎松《とらまつ》がいる。虎松《とらまつ》の成長《せいちょう》を待《ま》ち、井伊家《いいけ》を再興《さいこう》するのじゃ。それがおまえの務《つと》めぞ」

南渓《なんけい》に叱《しか》られ、直虎《なおとら》はハッとして顔《かお》を上《あ》げました。

「はい……！　そうですね。まずは虎松《とらまつ》の身《み》の安全《あんぜん》を図《はか》らねば！」

井伊谷城《いいのやじょう》を追《お》われた直虎《なおとら》は、虎松《とらまつ》を母《はは》のいる松岳院《しょうがくいん》へと移《うつ》しました。

そのあと、恐《おそ》れていたことが起《お》きました。

氏真《うじざね》が但馬守《たじまのかみ》に「虎松《とらまつ》の命《いのち》を取《と》れ」と命令《めいれい》してきたのです。

「今川《いまがわ》め……またしても！」

怒《いか》りに震《ふる》える直虎《なおとら》に、南渓《なんけい》がこう言《い》いました。

「虎松《とらまつ》が遠江《とおとうみ》にいては危《あぶ》ない。三河《みかわ》に移《うつ》そう」

こうして虎松《とらまつ》は奥三河《おくみかわ》にある鳳来寺《ほうらいじ》に預《あず》けられ……そこで、じっと時《とき》を待《ま》つことになりました。鳳来寺《ほうらいじ》の近《ちか》くには虎松《とらまつ》の母方《ははかた》の曾祖父《そうそふ》がいるので、その縁《えん》を頼《たよ》ったのです。

虎松《とらまつ》の母《はは》・小夜《さよ》はまだ若《わか》く、このまま独《ひと》り身《み》では不憫《ふびん》だということで、頭陀寺城《ずだじじょう》を拠点《きょてん》とする松下《まつした》一族《いちぞく》の松下清景《まつしたきよかげ》という男《おとこ》に嫁《とつ》がせ、直虎《なおとら》も井伊谷城《いいのやじょう》を出《で》ました。

（わたしの力《ちから》がないばかりに、皆《みな》、ばらばらになってしまった……）

松岳院《しょうがくいん》に身《み》を寄《よ》せた直虎《なおとら》は、母《はは》に詫《わ》びました。

「母上《ははうえ》、申《もう》し訳《わけ》ありません……。わたしは井伊家《いいけ》を守《まも》ることができませんでした。男《おとこ》として還俗《げんぞく》したものの、しょせんは女《おんな》だと今川《いまがわ》や小野但馬守《おのたじまのかみ》に侮《あなど》られたのです」

城《しろ》を出《で》るまでは堪《こら》えていた涙《なみだ》が、母《はは》を前《まえ》にしてとめどなくあふれてきました。

肩《かた》を震《ふる》わせて泣《な》く直虎《なおとら》の手《て》にそっと手《て》を重《かさ》ね、母《はは》がなぐさめます。

「そのように自分《じぶん》を責《せ》めてはなりませぬ。私《わたし》たちには虎松《とらまつ》が残《のこ》されています。再興《さいこう》の時《とき》は必《かなら》ずきますよ」

「母上《ははうえ》……っ」

母《はは》のあたたかな言葉《ことば》に、直虎《なおとら》はたまらず、わあっと泣《な》き伏《ふ》しました。

❖直虎《なおとら》の署名《しょめい》と花押《かおう》について❖

静岡県浜松市《しずおかけんはままつし》に今《いま》もある蜂前神社《はちさきじんじゃ》。ここに所蔵《しょぞう》されていた「井伊直虎関口氏経連書状《いいなおとらせきぐちうじつねれんしょじょう》」（永禄《えいろく》11年《ねん》／1568年発行《ねんはっこう》）に入《はい》っている「次郎直虎《じろうなおとら》」の署名《しょめい》と花押《かおう》。これは直虎直筆《なおとらじきひつ》と言《い》われています。花押《かおう》は他人《たにん》の偽造《ぎぞう》を防《ふせ》ぐため、本人《ほんにん》しか書《か》けないサインを図案化《ずあんか》したもので、誰《だれ》にも真似《まね》ができないようになっています。花押《かおう》は男《おとこ》が使《つか》うもので、女《おんな》が使《つか》った例《れい》は直虎《なおとら》のものしかありません。

直虎直筆《なおとらじきひつ》と言《い》われる文書《ぶんしょ》は、もうひとつあります。今川《いまがわ》の徳政令《とくせいれい》を警戒《けいかい》して予防策《よぼうさく》として打《う》った龍潭寺《りょうたんじ》宛《あ》ての寄進状《きしんじょう》です（永禄《えいろく》8年《ねん》／1565年発行《ねんはっこう》）。こちらには「次郎法師《じろうほうし》」の署名《しょめい》と黒印《こくいん》が押《お》されています。

このような史料《しりょう》から、直虎《なおとら》が今川《いまがわ》のいいようにされないよう、男《おとこ》として奮闘《ふんとう》した姿《すがた》が想像《そうぞう》できるわけですね。

2　今川氏滅亡《いまがわしめつぼう》――永禄《えいろく》12年《ねん》（1569年《ねん》）――

足利将軍家《あしかがしょうぐんけ》に縁《ゆかり》のある名家《めいか》であり、駿河《するが》・遠江《とおとうみ》・三河《みかわ》を統《す》べる大大名《だいだいみょう》・今川家《いまがわけ》――。

しかし、それは先代《せんだい》の義元《よしもと》の時代《じだい》の話《はなし》であり、「桶狭間《おけはざま》の戦《たたか》い」以降《いこう》、家臣《かしん》の離反《りはん》が相次《あいつ》ぐなどして、どんどん弱体化《じゃくたいか》していきました。

同盟《どうめい》を結《むす》んでいた甲斐《かい》の武田信玄《たけだしんげん》は、そんな今川《いまがわ》を見限《みかぎ》り、永禄《えいろく》10年《ねん》（1567年《ねん》）に今川寄《いまがわよ》りだった嫡男《ちゃくなん》の義信《よしのぶ》を自害《じがい》に追《お》い込《こ》み、義信《よしのぶ》の妻《つま》で氏真《うじざね》の妹《いもうと》（嶺松院《れいしょういん》）を駿河《するが》に送《おく》り返《かえ》してきました。事実上《じじつじょう》、同盟《どうめい》を破棄《はき》したのです。

「我《われ》らの母《はは》は信玄《しんげん》の姉《あね》。信玄《しんげん》は、血《ち》のつながった我《われ》らを見限《みかぎ》ろうというのか!?」

氏真《うじざね》は激怒《げきど》し、甲斐《かい》への塩止《しおど》めを決行《けっこう》しました。

しかし、信玄《しんげん》の宿敵《しゅくてき》であるはずの越後《えちご》の上杉《うえすぎ》が甲斐《かい》へ塩《しお》を送《おく》ったため、塩止《しおど》めは武田《たけだ》に対《たい》してさほどの打撃《だげき》を与《あた》えられずに終《お》わり……。

信玄《しんげん》は三河《みかわ》の徳川家康《とくがわいえやす》(永禄《えいろく》9年《ねん》/1566年《ねん》に改名《かいめい》)と密《ひそ》かに手《て》を結《むす》び、永禄《えいろく》11年《ねん》(1568年《ねん》)の1月《がつ》、2月《がつ》と立《た》て続《つづ》けに密談《みつだん》の席《せき》を設《もう》け、

「大井川《おおいがわ》を境《さかい》に駿河《するが》を武田《たけだ》が、遠江《とおとうみ》は徳川《とくがわ》が獲《と》る」

という密約《みつやく》を交《か》わしました。

甲斐《かい》は山国《やまぐに》で海《うみ》がないため信玄《しんげん》は駿河《するが》の海運《かいうん》を、家康《いえやす》は三河《みかわ》の隣国《りんごく》・遠江《とおとうみ》を得《え》ることによって勢力《せいりょく》の拡大《かくだい》を狙《ねら》っており、それぞれの利害《りがい》が一致《いっち》したのです。

そして、ついにその年《とし》の12月《がつ》6日《か》、信玄《しんげん》が動《うご》き出《だ》し、13日《にち》には駿河《するが》まで侵攻《しんこう》してきました。

「武田《たけだ》など蹴散《けち》らしてくれるわ!」

氏真《うじざね》は薩埵峠《さったとうげ》にて武田軍《たけだぐん》を迎《むか》え討《う》とうとしましたが、なんと二十一名《めい》もの重臣《じゅうしん》たちに裏切《うらぎ》られ……駿府《すんぷ》の今川館《いまがわやかた》に逃《に》げ帰《かえ》るはめになりました。

しかし、そこでは持《も》ちこたえることができず、氏真《うじざね》は掛川城《かけがわじょう》へと逃《のが》れたのです。

時《とき》を同《おな》じくして、三河《みかわ》の徳川家康《とくがわいえやす》も動《うご》き出《だ》しました。

家康《いえやす》は遠江《とおとうみ》は浜名湖《はまなこ》に近《ちか》い曳馬城《ひくまじょう》を取《と》るべく、北《きた》から遠江《とおとうみ》に侵攻《しんこう》し、井伊谷《いいのや》を通《とお》って南《なん》下《か》する道《みち》を選《えら》びました。

その際《さい》、かつて井伊家《いいけ》に仕《つか》えていた、近藤康用《こんどうやすもち》、鈴木重時《すずきしげとき》、菅沼忠久《すがぬまただひさ》の三人《にん》を取《と》り込《こ》み、井伊谷城《いいのやじょう》を落《お》とす算段《さんだん》をつけました。

「井伊谷《いいのや》は今《いま》、小野但馬守《おのたじまのかみ》が支配《しはい》している……」

「我《われ》らは、但馬守《たじまのかみ》を許《ゆる》せぬ！」

「ああ、必《かなら》ずや討《う》ち取《と》ってみせようぞ！」

この〝井伊谷三人衆《いいのやさんにんしゅう》〟と呼《よ》ばれたうちのひとり、鈴木重時《すずきしげとき》の妹《いもうと》は直満《なおみつ》の妻《つま》——つまりは直親《なおちか》の伯父《おじ》にあたります。

重時《しげとき》は井伊谷城《いいのやじょう》攻《ぜ》めを前《まえ》に、密《ひそ》かに松岳院《しょうがくいん》にいる直虎《なおとら》に連絡《れんらく》を取《と》ってきました。

「今《いま》の徳川《とくがわ》の兵力《へいりょく》をもってすれば、力攻《ちからぜ》めで落《お》とすのは容易《たやす》いが、それだと田畑《たはた》は荒《あ》れ、小野但馬守《おのたじまのかみ》に仕方《しかた》なく従《したが》っている者《もの》たちの多《おお》くが命《いのち》を落《お》とすことになる。そこでだ、そなたに城兵《じょうへい》たちを説得《せっとく》してほしいのじゃ」

「わたしが――」

「ああ、井伊宗家《いいそうけ》の姫《ひめ》の言葉《ことば》なら、皆《みな》、聞《き》くだろう」

井伊宗家《いいそうけ》の姫《ひめ》。

その言葉《ことば》に、胸《むね》の奥《おく》が熱《あつ》くなるのを直虎《なおとら》は感《かん》じました。

「わかりました。井伊谷《いいのや》のため、力《ちから》を尽《つ》くします。そのかわり約束《やくそく》してください。領民《りょうみん》たちや田畑《たはた》には決《けっ》して危害《きがい》を加《くわ》えぬと」

「無論《むろん》じゃ」

「では、さっそくまいりましょう」

直虎《なおとら》は支度《したく》を整《ととの》え、馬《うま》を駆《か》って井伊谷城《いいのやじょう》へ向《む》かいました。

徳川《とくがわ》の侵攻《しんこう》を察知《さっち》した井伊谷城《いいのやじょう》は籠城《ろうじょう》の態勢《たいせい》に入《はい》り、守《まも》りを固《かた》めていました。

固《かた》く閉《と》ざされた城門《じょうもん》の前《まえ》で馬《うま》を止《と》め、直虎《なおとら》は大《おお》きな声《こえ》で言《い》いました。

「城兵《じょうへい》たちに告《つ》ぐ！　わたしは井伊宗家《いいそうけ》の井伊直虎《いいなおとら》だ！」

すると、門《もん》の櫓《やぐら》から、次々《つぎつぎ》と兵《へい》たちが顔《かお》を出《だ》しました。

「直虎様《なおとらさま》……？」

「おお、あれはまさしく直虎様《なおとらさま》じゃ！」

直虎《なおとら》を見《み》て、兵《へい》たちの瞳《ひとみ》が輝《かがや》きました。

やはり、皆《みな》、小野但馬守《おのたじまのかみ》の下《した》にいるのは本意《ほんい》ではないのです。

その瞬間《しゅんかん》、直虎《なおとら》は、

（この者《もの》のたちの命《いのち》……必《かなら》ず助《たす》ける！）

と決意《けつい》を新《あら》たにしました。

「もうすぐ徳川《とくがわ》が攻《せ》めてくる！　わたしは井伊谷《いいのや》を荒《あ》れ果《は》てた地《ち》にしたくない！　それは皆《みな》も同《おな》じだろう!?　おまえたちが命《いのち》を無駄《むだ》に散《ち》らすのを見《み》たくはないのだ！　すみやかに開城《かいじょう》し、徳川《とくがわ》に敵意《てきい》のないことを示《しめ》せ！　さすれば、井伊谷《いいのや》は助《たす》かる！」

直虎《なおとら》は説得《せっとく》を続《つづ》け――……

その甲斐《かい》あって、12月《がつ》13日《にち》に井伊谷城《いいのやじょう》は開城《かいじょう》。

〝井伊谷三人衆《いいのやさんにんしゅう》〟が城《しろ》を囲《かこ》むと、小野但馬守《おのたじまのかみ》は逃《に》げ出《だ》し、そのまま行方《ゆくえ》をくらましたのです。

そして二日後《ふつかご》の12月《がつ》15日《にち》。徳川《とくがわ》の軍勢《ぐんぜい》は井伊谷城《いいのやじょう》に入《はい》り、直虎《なおとら》は徳川家康《とくがわいえやす》に呼《よ》び出《だ》され、面会《めんかい》することになりました。

「直虎殿《なおとらどの》が女子《おなご》だったとは……。驚《おどろ》いたぞ。此度《こたび》の無血開城《むけつかいじょう》は直虎殿《なおとらどの》のおかげ。礼《れい》を言《い》う」

美《うつく》しい直虎《なおとら》を前《まえ》にして、家康《いえやす》は機嫌《きげん》よく笑《わら》いましたが、

「それには及《およ》びませぬ。わたしは大事《だいじ》な故郷《こきょう》を守《まも》ったまでのこと。徳川《とくがわ》のためではありません」

このように直虎《なおとら》は「徳川《とくがわ》の命令《めいれい》で動《うご》いたわけではない」ときっぱり言《い》いました。

そんな直虎《なおとら》に、家康《いえやす》はこう切《き》り返《かえ》しました。

「……ほう。その名《な》にふさわしく、気《き》の強《つよ》い女子《おなご》じゃ。もうすぐ氏真《うじざね》を討《う》ち、遠江《とおとうみ》は徳川《とくがわ》のものとなる。この井伊谷《いいのや》も例外《れいがい》ではない。徳川《とくがわ》のために励《はげ》めよ」

家康《いえやす》は兵《へい》を休《やす》めたのち浜松《はままつ》へと南下《なんか》し、18日《にち》には目的《もくてき》どおり、曳馬城《ひくまじょう》を落《お》としました。井伊谷《いいのや》一帯《いったい》は徳川《とくがわ》の支配下《しはいか》に置《お》かれることになり、家康《いえやす》は〝井伊谷三人衆《いいのやさんにんしゅう》〟に分《わ》け与《あた》えました。

年《とし》が明《あ》けて、永禄《えいろく》12年《ねん》（1569年《ねん》）4月《がつ》。

山中《さんちゅう》を逃《に》げ回《まわ》っていた小野但馬守政次《おのたじまのかみまさつぐ》が捕《と》らえられ、獄門磔《ごくもんはりつけ》の刑《けい》に処《しょ》せられたのちに幼《おさな》い息子《むすこ》ふたりも首《くび》を刎《は》ねられました。

徳川《とくがわ》は掛川城《かけがわじょう》を攻《せ》め、こちらも5月《がつ》15日《にち》に開城《かいじょう》させることに成功《せいこう》。

氏真《うじざね》は妻《つま》の実家《じっか》である相模《さがみ》の北条《ほうじょう》を頼《たよ》り、東《ひがし》へと落《お》ちていきました。

ここに戦国大名《せんごくだいみょう》として栄華《えいが》を誇《ほこ》った今川家《いまがわけ》は滅亡《めつぼう》。

井伊谷《いいのや》は三十年《ねん》の長《なが》きにわたる今川《いまがわ》の支配《しはい》から、ようやく解放《かいほう》されたのです。

❖その後《ご》の今川家《いまがわけ》❖

「桶狭間《おけはざま》の戦《たたか》い」にて今川義元《いまがわよしもと》が討《う》たれたあと、急速《きゅうそく》に衰退《すいたい》していった今川家《いまがわけ》。後《あと》を継《つ》いだ氏真《うじざね》は、「公家文化《くげぶんか》に傾倒《けいとう》し、蹴鞠《けまり》ばかりしていた暗愚《あんぐ》な武将《ぶしょう》」と言《い》われています。

物語《ものがたり》でも見《み》たように、家中《かちゅう》の内部崩壊《ないぶほうかい》と武田《たけだ》と徳川《とくがわ》の侵攻《しんこう》に耐《た》えきれず、永禄《えいろく》12年《ねん》（1569年《ねん》）5月《がつ》、戦国大名《せんごくだいみょう》としての今川家《いまがわけ》は滅亡《めつぼう》。

掛川城《かけがわじょう》を出《で》た氏真《うじざね》は、妻《つま》・早川殿《はやかわどの》の父《ちち》・相模《さがみ》の北条氏康《ほうじょううじやす》を頼《たよ》り、小田原《おだわら》へ移《うつ》りましたが、氏康《うじやす》の死後《しご》、家康《いえやす》の庇護《ひご》を受《う》け、浜松《はままつ》に行《い》くことに。かつては今川《いまがわ》の家臣《かしん》だった家康《いえやす》を頼《たよ》るのは心情《しんじょう》的《てき》には複雑《ふくざつ》だったでしょうが……。

氏真《うじざね》はその後《ご》、京《きょう》や江戸《えど》に住《す》み、「大坂冬《おおさかふゆ》の陣《じん》」が終《お》わった直後《ちょくご》の慶長《けいちょう》20年《ねん》（1615年《ねん》）12月《がつ》28日《にち》に江戸《えど》の屋敷《やしき》で息《いき》を引《ひ》き取《と》りました。

今川《いまがわ》は徳川《とくがわ》の庇護《ひご》を受《う》け続《つづ》け、氏真《うじざね》の子孫《しそん》は高家旗本《こうけはたもと》（江戸幕府《えどばくふ》の儀式《ぎしき》や典礼《てんれい》に就《つ》く家《いえ》）として幕府《ばくふ》に仕《つか》えたそうです。

息《い》吹《ぶき》の章《しょう》

1　三方ケ原《みかたがはら》の戦《たたか》い——元亀《げんき》3年《ねん》（1572年《ねん》）——

小野但馬守《おのたじまのかみ》が処刑《しょけい》され、そののちに今川《いまがわ》が滅《ほろ》んだとはいっても、奥三河《おくみかわ》の鳳来寺《ほうらいじ》に預《あず》けた虎松《とらまつ》は呼《よ》び戻《もど》せませんでした。

今度《こんど》は今川《いまがわ》を滅亡《めつぼう》させるために手《て》を組《く》んでいた武田《たけだ》と徳川《とくがわ》が、敵対《てきたい》するようになったからです。

直虎《なおとら》は井伊家再興《いいけさいこう》の時《とき》を、じっと待《ま》つしかありませんでした。

（世《よ》の中《なか》が安定《あんてい》するまでは……。幼《おさな》い虎松《とらまつ》の身《み》を危険《きけん》にさらすわけにはいかない）

昨年《さくねん》、織田信長《おだのぶなが》が上洛《じょうらく》し、庇護《ひご》していた足利義昭《あしかがよしあき》を室町幕府第《むろまちばくふだい》十五代将軍《だいしょうぐん》の座《ざ》につけました。義昭《よしあき》は信長《のぶなが》を「我《わ》が父《ちち》」とまで呼《よ》び、ふたりの仲《なか》は大変親密《たいへんしんみつ》なように見《み》えたのですが、この関係《かんけい》は徐々《じょじょ》に破綻《はたん》していきました。「天下布武《てんかふぶ》」を目指《めざ》す信長《のぶなが》が義昭《よしあき》をおざなりにし、勢力《せいりょく》を増《ま》していったからです。

足利義昭《あしかがよしあき》は各地《かくち》の有力武将宛《ゆうりょくぶしょうあ》てに、「信長《のぶなが》を討《う》て」と密《ひそ》かに文書《ぶんしょ》を飛《と》ばし――。

元亀《げんき》3年《ねん》（1572年《ねん》）、秋《あき》。

それに呼応《こおう》して、ついに甲斐《かい》の武田信玄《たけだしんげん》が挙兵《きょへい》。

まずは信長《のぶなが》の盟友《めいゆう》・家康《いえやす》を叩《たた》こうと、遠江《とおとうみ》へと南下《なんか》してきました。上洛《じょうらく》を目指《めざ》す上《うえ》で背後《はいご》の憂《うれ》いを断《た》ち、尾張《おわり》、美濃《みの》へと侵攻《しんこう》し、信長《のぶなが》を滅《ほろ》ぼそうというのです。

そうした動《うご》きに、井伊谷《いいのや》も巻《ま》き込《こ》まれることになりました。

10月《がつ》22日《にち》、武田《たけだ》の武将《ぶしょう》・山県昌景《やまがたまさかげ》が率《ひき》いる別働隊《べつどうたい》が、井伊《いい》の領地《りょうち》の北《きた》――井平《いだいら》に五千《せん》もの大軍《たいぐん》で攻《せ》め込《こ》んできたのです。

〝井伊谷三人衆《いいのやさんにんしゅう》〟のひとり鈴木重時《すずきしげとき》は三年前《ねんまえ》にすでに亡《な》く、十四歳《さい》の重好《しげよし》が家督《かとく》を継《つ》いでいたのですが、この重好《しげよし》と山県勢《やまがたぜい》が仏坂《ほとけざか》で激突《げきとつ》。

切《き》り立《た》った崖《がけ》と谷《たに》に挟《はさ》まれた狭《せま》い坂道《さかみち》での戦《たたか》いは、多《おお》くの死者《ししゃ》を出《だ》したのです。

山県勢《やまがたぜい》はそのまま南下《なんか》して、井伊谷《いいのや》へ入《はい》り、一言坂《ひとことざか》を通《とお》って二俣城《ふたまたじょう》を囲《かこ》んでいた信玄《しんげん》の本隊《ほんたい》に合流《ごうりゅう》。

そうして、ひと月以上《つきいじょう》かかって二俣城《ふたまたじょう》を落《お》としたのち、武田軍《たけだぐん》は家康《いえやす》の本拠地《ほんきょち》・浜松《はままつ》へと向《む》かいました。

元亀元年《げんきがんねん》（1570年《ねん》）に、家康《いえやす》は三河《みかわ》の岡崎城《おかざきじょう》を嫡男《ちゃくなん》の信康《のぶやす》に譲《ゆず》り、曳馬城《ひくまじょう》の近《ちか》くに城《しろ》を建《た》て、その地《ち》を浜松《はままつ》と改《あらた》め、岡崎《おかざき》から拠点《きょてん》を移《うつ》していたのです。

しかし、その浜松城《はままつじょう》を目《め》の前《まえ》にして、信玄《しんげん》はあっさりと素通《すどお》りしていきました。

「黙《だま》って見過《みす》ごすのは、武士《ぶし》の名折《なお》れ！」

家康《いえやす》は憤《いきどお》り、武田軍《たけだぐん》を追《お》って出陣《しゅつじん》したのですが……。

三方ヶ原《みかたがはら》で待《ま》ち構《かま》えていた信玄《しんげん》の返《かえ》り討《う》ちに遭《あ》い、ほうほうのていで浜松城《はままつじょう》へと逃《に》げ帰《かえ》りました。これは家康《いえやす》をおびき出《だ》すための罠《わな》だったのです。

しかし、信玄《しんげん》はなぜか家康《いえやす》を攻《せ》めようとせず、兵《へい》を進《すす》めて、刑部前原《おさかべまえはら》というところで陣《じん》を敷《し》きました。

そこはかつて、直親《なおちか》が治《おさ》めていた土地《とち》でした。広々《ひろびろ》とした平野《へいや》は四万《まん》もの大軍《たいぐん》を休《やす》めるにはうってつけの場所《ばしょ》だったのです。

（ここにもし徳川《とくがわ》が攻《せ》め込《こ》んできたら、どうなるか――）

直虎《なおとら》たちが不安《ふあん》な日々《ひび》を過《す》ごす中《なか》、年《とし》が明《あ》けて、元亀《げんき》4年《ねん》（1573年《ねん》）1月《がつ》3日《か》。武《たけ》田《だ》は軍《ぐん》を分《わ》け、ふたたび西上《せいじょう》を開始《かいし》しました。

（これでようやく武田《たけだ》が出《で》て行《い》ってくれる……）

直虎《なおとら》をはじめ誰《だれ》もがそう思《おも》ったのもつかのま、井伊谷《いいのや》は火《ひ》で包《つつ》まれました。

井伊谷《いいのや》を通《とお》る道筋《みちすじ》を選《えら》んだ武田軍《たけだぐん》が、徳川《とくがわ》の追跡《ついせき》を防《ふせ》ぐためにあたりの民家《みんか》に手当《てあ》たり次第《しだい》に放火《ほうか》していったのです。

三岳山《みたけやま》から吹《ふ》き下《お》ろす激《はげ》しい北風《きたかぜ》に煽《あお》られ、真《ま》っ赤《か》な炎《ほのお》はまたたくまに井伊谷《いいのや》に広《ひろ》がっていきます。

龍潭寺《りょうたんじ》やその境内《けいだい》にある松岳院《しょうがくいん》にも火《ひ》の手《て》は迫《せま》り、

「母上《ははうえ》、早《はや》く！」

直虎《なおとら》は年老《としお》いた母《はは》の手《て》を引《ひ》き、南渓和尚《なんけいおしょう》や寺《てら》の僧《そう》たちと一緒《いっしょ》に、なんとか無事《ぶじ》なところへと逃《のが》れました。

武田軍《たけだぐん》が去《さ》ったあと――……井伊谷《いいのや》は焼《や》け野原《のはら》と化《か》していました。

井伊谷《いいのや》の人々《ひとびと》を守《まも》ろうと懸命《けんめい》に戦《たたか》った〝井伊谷三人衆《いいのやさんにんしゅう》〟のひとり、近藤康用《こんどうやすもち》は深手《ふかで》を負《お》い、歩《ある》くのもままならぬ身体《からだ》になり……。

直虎《なおとら》は戦国《せんごく》の世《よ》の非情《ひじょう》さを痛感《つうかん》しました。

「井伊谷《いいのや》が戦場《せんじょう》になるなんて――」

しかし、一難《いちなん》去《さ》ってまた一難《いちなん》。

その後《ご》、武田軍《たけだぐん》は奥三河《おくみかわ》の野田城《のだじょう》を囲《かこ》み、ひと月《つき》かけてこれを落《お》としたあと、なぜか西《にし》へ向《む》かわず、進路《しんろ》を北東《ほくとう》へと変更《へんこう》し、なんと虎松《とらまつ》のいる鳳来寺《ほうらいじ》に入《はい》ったのです。

この報《ほう》を聞《き》いた南渓《なんけい》や直虎《なおとら》は蒼白《そうはく》な顔《かお》になりました。

「信玄《しんげん》がなぜ鳳来寺《ほうらいじ》に⁉」

「虎松《とらまつ》は無事《ぶじ》でしょうか――」

けれど、下手《へた》に動《うご》くことはできません。迎《むか》えをやったりしたら、虎松《とらまつ》の素性《すじょう》がばれてしまうかもしれないからです。

(虎松《とらまつ》、どうか無事《ぶじ》でいて!)

直虎《なおとら》は必死《ひっし》で先祖《せんぞ》や仏《ほとけ》に祈《いの》り……。

信玄《しんげん》はひと月《つき》ほど鳳来寺《ほうらいじ》にとどまったあと、不思議《ふしぎ》なことに京《きょう》を目指《めざ》さず、甲斐《かい》へと戻《もど》りはじめました。

その理由《りゆう》は、４月《がつ》の末《すえ》になってから判明《はんめい》しました。４月半《がつなか》ばに信濃《しなの》の駒場《こまんば》というところで、信玄《しんげん》が病《やまい》のために亡《な》くなったという話《はなし》が届《とど》いたのです。病状《びょうじょう》の悪化《あっか》した信玄《しんげん》が療養《りょうよう》のため、鳳来寺《ほうらいじ》にいたのだということがわかり、直虎《なおとら》はほっと胸《むね》を撫《な》で下《お》ろしました。

（なにはともあれ、虎松《とらまつ》が無事《ぶじ》でよかった……）

ですが――。

こうして武田信玄《たけだしんげん》という脅威《きょうい》は去《さ》ったものの、井伊谷《いいのや》はふたたび家康《いえやす》の支配下《しはいか》に置《お》かれることになったのです。

❖ふろんぼ様《さま》❖

激戦《げきせん》だった「仏坂《ほとけざか》の戦《たたか》い」。坂《さか》の上《うえ》にある竹馬寺《ちくばじ》に、奈良時代《ならじだい》の高僧《こうそう》・行基《ぎょうき》が彫《ほ》ったといういわれのある木像《もくぞう》の十一面観音《じゅういちめんかんのん》が祀《まつ》られていて、この坂《さか》を登《のぼ》る人々《ひとびと》が「重《おも》き荷《に》を担《かつ》いて登《のぼ》れ仏坂《ほとけざか》法《ほう》の功徳《くどく》の雲晴《くもは》るるらん」と唱《とな》えながら登《のぼ》ったことに由来《ゆらい》するそうです。

山県勢《やまがたぜい》との戦《いくさ》の折《おり》、このように古《ふる》くから信仰《しんこう》のある観音像《かんのんぞう》を戦火《せんか》で失《うしな》ってはならじ、と他《ほか》の寺《てら》に一時避難《いちじひなん》させたそうで、これには直虎《なおとら》が尽力《じんりょく》したという説《せつ》もあります。仏坂《ほとけざか》の山中《さんちゅう》には、誰《だれ》のものかは不明《ふめい》ですが、地元《じもと》の人《ひと》たちに「ふろんぼ様《さま》」と呼《よ》ばれる墓《はか》があり（古《ふる》い墓《はか》、つまり「ふるんぼ」がなまって「ふろんぼ」となった）、当時《とうじ》、ここで戦《たたか》いがあったことを偲《しの》ばせています。

ちなみに、「三方ヶ原《みかたがはら》の戦《たたか》い」というと、家康《いえやす》が武田信玄《たけだしんげん》に大敗《たいはい》を喫《きっ》し、死《し》の恐怖《きょうふ》で脱糞《だっぷん》までし、命《いのち》からがら浜松城《はままつじょう》に逃《に》げ帰《かえ》り、その屈辱《くつじょく》を忘《わす》れないよう戻《もど》ってすぐに、「しかみ像《ぞう》」を描《えが》かせたという話《はなし》が有名《ゆうめい》ですが……。それだけ、信玄時代《しんげんじだい》の武田軍《たけだぐん》は強《つよ》かった、ということでしょうね。信玄《しんげん》の死《し》により、家康《いえやす》も直虎《なおとら》も救《すく》われたのです。

2 虎松《とらまつ》、家康《いえやす》にお目見《めみ》えす――天正《てんしょう》3年《ねん》（1575年《ねん》）――

元亀《げんき》4年《ねん》（1573年《ねん》）7月《がつ》。

織田信長《おだのぶなが》は京《きょう》から足利義昭《あしかがよしあき》を追放《ついほう》し、室町幕府《むろまちばくふ》は第十五代目《だいだいめ》の将軍《しょうぐん》で、その歴史《れきし》に幕《まく》を下《お》ろしました。

その際《さい》、信長《のぶなが》は朝廷《ちょうてい》に元号《げんごう》を「天正《てんしょう》」に変《か》えるよう求《もと》め、その望《のぞ》み通《どお》りに「元亀《げんき》」から「天正《てんしょう》」になりました。これにより、信長《のぶなが》の威勢《いせい》はますます天下《てんか》に広《ひろ》まっていったのです。

そうした情勢《じょうせい》の中《なか》、時《とき》は流《なが》れて――天正《てんしょう》2年《ねん》（1574年《ねん》）12月《がつ》14日《か》。

再建《さいけん》した龍潭寺《りょうたんじ》で亡《な》き直親《なおちか》の十三回忌《かいき》の法要《ほうよう》が執《と》り行《おこな》われることになり、奥三河《おくみかわ》の鳳来寺《ほうらいじ》から六年《ねん》ぶりに虎松《とらまつ》が戻《もど》ってきました。

「義母上《ははうえ》、お久《ひさ》しぶりにございます」

「虎松《とらまつ》、大《おお》きくなったな」

別《わか》れたときは数《かぞ》えで八歳《はっさい》だった幼《おさ》な子《ご》は、十四歳《さい》の立派《りっぱ》な若者《わかもの》になっていました。

まだまだ幼《おさな》さが残《のこ》る顔立《かおだ》ちをしているものの、虎松《とらまつ》は堂々《どうどう》として気品《きひん》あふれる容姿《ようし》をしています。

「直親殿《なおちかどの》に、ますます似《に》てきたな……」

虎松《とらまつ》の成長《せいちょう》ぶりに直虎《なおとら》は目《め》を細《ほそ》め、直親《なおちか》の法要《ほうよう》に臨《のぞ》みました。


そして、法要《ほうよう》が済《す》んだあと――。

虎松《とらまつ》は松岳院《しょうがくいん》にいる直虎《なおとら》に、改《あらた》めてあいさつしにきました。

「義母上《ははうえ》、ありがとうございました。父上《ちちうえ》も喜《よろこ》んでおられると思《おも》います」

「いや、礼《れい》を言《い》われることではない。直親殿《なおちかどの》はわたしの義兄上《あにうえ》でもあるのだから」

「そのことなのですが……」

虎松《とらまつ》はいったん言葉《ことば》を切《き》り、少《すこ》し言《い》いにくそうに口《くち》を開《ひら》きました。

「本当《ほんとう》は義母上《ははうえ》が父上《ちちうえ》と夫婦《めおと》になるはずだったのですよね？　いろいろと事情《じじょう》があり、義《は》母上《ははうえ》は出家《しゅっけ》されたと聞《き》きました。なのに、私《わたし》の後見《こうけん》のため、還俗《げんぞく》してくださったのですよね？　ご苦労《くろう》をかけてしまい……申《もう》し訳《わけ》ありませんでした」

頭《あたま》を下《さ》げる虎松《とらまつ》を見《み》て、ふいに目頭《めがしら》が熱《あつ》くなりましたが、直虎《なおとら》は涙《なみだ》を堪《こら》え、口調《くちょう》を崩《くず》さず、こう言《い》いました。

「なにを言《い》う。苦労《くろう》などと思《おも》ったことは一度《いちど》もない。わたしはおまえの成長《せいちょう》を励《はげ》みに、これまでやってきたのだ。礼《れい》を言《い》うのは、わたしのほうだ。今《いま》まで異郷《いきょう》の地《ち》でよく耐《た》えてくれた……。井伊家再興《いいけさいこう》のその日《ひ》まで己《おのれ》を磨《みが》くことを忘《わす》れないでくれ」

「そのことなのですが……」

聞《き》けば、この六年《ねん》の間《あいだ》、虎松《とらまつ》は仏《ほとけ》の修行《しゅぎょう》だけでなく武芸《ぶげい》も磨《みが》いていたといいます。平安《へいあん》の昔《むかし》、源義経《みなもとのよしつね》が鞍馬寺《くらまでら》の山中《さんちゅう》でいつの日《ひ》か平家《へいけ》を倒《たお》すため、密《ひそ》かに剣《けん》の腕《うで》を磨《みが》いていたように、武士《ぶし》の子《こ》であることを忘《わす》れず励《はげ》んでいたのです。

しかし、鳳来寺《ほうらいじ》のほうでは虎松《とらまつ》の身《み》の安全《あんぜん》のため、近々《ちかぢか》、出家《しゅっけ》させようと考《かんが》えていたようです。

「私《わたし》は鳳来寺《ほうらいじ》に帰《かえ》りたくありません！　このまま井伊谷《いいのや》にとどまり、井伊家再興《いいけさいこう》に力《ちから》を尽《つ》くしたく存《ぞん》じます！　義母上《ははうえ》、そのことをお許《ゆる》しいただきたい！」

力強《ちからづよ》い声《こえ》で言《い》い切《き》った虎松《とらまつ》は、まっすぐな目《め》をしていました。

「なんと……」

身体《からだ》の中《なか》を、一陣《いちじん》の風《かぜ》が駆《か》け抜《ぬ》けたような錯覚《さっかく》に、一瞬《いっしゅん》、陥《おちい》りました。

虎松《とらまつ》の言葉《ことば》に、心《こころ》を打《う》たれた直虎《なおとら》は思《おも》わず涙《なみだ》を流《なが》しそうになりましたが、ぐっと唇《くちびる》を噛《か》みしめ、顔《かお》を上《あ》げました。

「わかった。御家再興《おいえさいこう》は我《われ》らの悲願《ひがん》……。今《いま》が〝その時《とき》〟だとわたしも思《おも》う。大叔父上《おおおじうえ》に相談《そうだん》して、鳳来寺《ほうらいじ》にかけ合《あ》おう」

直虎《なおとら》はすぐに龍潭寺《りょうたんじ》に向《む》かい、南渓《なんけい》に相談《そうだん》しました。

「大叔父上《おおおじうえ》、このまま、虎松《とらまつ》を井伊谷《いいのや》に留《と》め置《お》くことはできないでしょうか」

「わしも帰《かえ》したくないと思《おも》っておった。鳳来寺《ほうらいじ》には悪《わる》いが、虎松《とらまつ》は帰《かえ》さず、いったん松下《まつした》家《け》に預《あず》けよう。母《はは》のもとに帰《かえ》すと言《い》えば、そう目《め》くじらも立《た》てまいて」

南渓《なんけい》は虎松《とらまつ》の母《はは》・小夜《さよ》の再婚先《さいこんさき》、松下家《まつしたけ》にいったん養子《ようし》に入《い》れるという提案《ていあん》をしてきま

した。

「松下《まつした》に養子《ようし》に入《い》れる？　それでは、井伊《いい》はどうなるのです!?」

「あくまでも虎松《とらまつ》の身《み》の安全《あんぜん》のためじゃ。虎松《とらまつ》がいれば、井伊《いい》はいつか再興《さいこう》できる」

直虎《なおとら》は不安《ふあん》を拭《ぬぐ》い切《き》れませんでしたが、南渓《なんけい》には深《ふか》い考《かんが》えがありました。

小夜《さよ》の再婚相手《さいこんあいて》・松下清景《まつしたきよかげ》は家康《いえやす》の家臣《かしん》で、清景《きよかげ》の弟《おとうと》・常慶入道《じょうけいにゅうどう》は家康《いえやす》のお気《き》に入《い》りだという話《はなし》です。その伝手《つて》を使《つか》い、虎松《とらまつ》を家康《いえやす》に目通《めどお》りさせようというのです。

「松下家《まつしたけ》の養子《ようし》という立場《たちば》なら、目通《めどお》りも叶《かな》いやすいじゃろう」

そうして南渓《なんけい》は釈明《しゃくめい》のために鳳来寺《ほうらいじ》に直接出向《ちょくせつでむ》き、寺《てら》を出《で》る許《ゆる》しを得《え》てきました。


そうして、年《とし》が明《あ》けて天正《てんしょう》3年《ねん》（1575年《ねん》）2月《がつ》。

早《はや》くもその機会《きかい》が訪《おとず》れました。松下清景《まつしたきよかげ》と常慶入道《じょうけいにゅうどう》の話《はなし》では、家康《いえやす》は毎年《まいとし》2月半《がつなか》ばにその年最初《としさいしょ》の鷹狩《たかが》りを行《おこな》うというのです。

「『三方ヶ原《みかたがはら》の戦《たたか》い』の屈辱《くつじょく》を忘《わす》れぬよう、敢《あ》えて、三方ヶ原《みかたがはら》で大好《だいす》きな鷹狩《たかが》りを行《おこな》っていらっしゃいます。その日《ひ》は終始機嫌《しゅうしきげん》もいいですから、その日《ひ》がいちばんいいかと」

「では、鷹狩《たかが》りの日《ひ》に」

虎松《とらまつ》の運命《うんめい》を決《き》めるその日《ひ》のため、直虎《なおとら》と母《はは》・椿《つばき》は小袖《こそで》を一枚《まい》ずつ仕立《した》てることにしました。

「母上《ははうえ》。こうしていると、虎松《とらまつ》の産着《うぶぎ》を縫《ぬ》ってやったときのことを思《おも》い出《だ》しますね」

「ええ、あの頃《ころ》は楽《たの》しかったわね。直平《なおひら》のおじい様《さま》や直親殿《なおちかどの》もいて……」

「虎松《とらまつ》は今年《ことし》、数《かぞ》えで十五。家康様《いえやすさま》に取《と》り立《た》てられれば、元服《げんぷく》も認《みと》められ、嫁《よめ》を迎《むか》えることになりましょう。そうすれば、すぐに曾孫《ひまご》の顔《かお》が見《み》られますよ」

「まあ、では、その日《ひ》が来《く》るまで元気《げんき》でいなくてはね」

そうして、ひと針《はり》ひと針《はり》、思《おも》いを込《こ》めた小袖《こそで》ができあがり——。

明日《あす》、三方ヶ原《みかたがはら》へ向《む》かうという前夜《ぜんや》、直虎《なおとら》は虎松《とらまつ》を呼《よ》びました。

「母上《ははうえ》とわたしが、おまえのために縫《ぬ》った衣装《いしょう》です。明日《あす》はこれを着《き》て行《い》きなさい」

「義母上《ははうえ》、ありがとうございます」

礼《れい》を述《の》べ、虎松《とらまつ》は美《うつく》しい所作《しょさ》で小袖《こそで》を受《う》け取《と》りました。

（いろいろ大変《たいへん》だったけれど、今日《きょう》まで立派《りっぱ》に育《そだ》ってくれた……。どこに出《だ》しても恥《は》ずかしくないわ）

虎松《とらまつ》は誰《だれ》もが振《ふ》り返《かえ》るような美《うつく》しい顔立《かおだ》ちをしていましたが、武芸《ぶげい》はもちろんのこと、礼儀正《れいぎただ》しく、教養《きょうよう》も充分《じゅうぶん》に身《み》に着《つ》けています。

そして、なによりも虎松《とらまつ》の持《も》つ気性《きしょう》のまっすぐさと激《はげ》しさは、将来《しょうらい》、勇猛《ゆうもう》な武将《ぶしょう》として活躍《かつやく》できる可能性《かのうせい》を大《おお》いに秘《ひ》めていました。

「家康様《いえやすさま》ならば、きっとおまえの素養《そよう》に気《き》づくはず……。臣下《しんか》に取《と》り立《た》てられしそのときは、家康様《いえやすさま》に忠義《ちゅうぎ》を尽《つ》くし、武功《ぶこう》に励《はげ》むのですよ」

「はい！」

虎松《とらまつ》はまっすぐな瞳《ひとみ》で、大《おお》きくうなずいてみせました。

翌日《よくじつ》、2月《がつ》15日《にち》の夕刻《ゆうこく》。

三方《みかた》ヶ原《がはら》で鷹狩《たかが》りを終《お》え、浜松《はままつ》へと帰《かえ》る道《みち》すがら、家康《いえやす》のそばにつき従《したが》っていた常慶入道《じょうけいにゅうどう》が、道《みち》のかたわらに控《ひか》えていた若者《わかもの》を示《しめ》しました。

「殿《との》、あれを……」

家康《いえやす》は馬《うま》を止《と》め、その若者《わかもの》を見下《みお》ろしました。

薄暗《うすぐら》い夕暮《ゆうぐ》れの下《した》でも、その若者《わかもの》の美《うつく》しさは、はっきりとわかりました。容姿《ようし》が美《うつく》しいだけでなく、立《た》ち居振《いふ》る舞《ま》いから教養《きょうよう》の高《たか》さも感《かん》じられます。

「この者《もの》は、亡《な》き井伊谷《いいのや》の国人領主《こくじんりょうしゅ》・井伊直親《いいなおちか》の忘《わす》れ形見《がたみ》、虎松《とらまつ》でございます」

常慶入道《じょうけいにゅうどう》の言葉《ことば》に、家康《いえやす》はハッとなり、虎松《とらまつ》を見《み》つめました。

「どこかなつかしい気《き》がすると思《おも》うたら……そうか、直親殿《なおちかどの》の息子《むすこ》か。歳《とし》はいくつだ?」

「十五になりました。父《ちち》が家康様《いえやすさま》と懇意《こんい》にさせていただいたこと、義母上《ははうえ》から聞《き》いております」

凛《りん》とした声《こえ》で答《こた》える虎松《とらまつ》を、家康《いえやす》はひとめで気《き》に入《い》ったようです。

「虎松《とらまつ》といったな。そちを徳川《とくがわ》に迎《むか》えよう。ついてまいれ」

「ははっ」

――こうして、虎松《とらまつ》はそのまま浜松《はままつ》に向《む》かい、家康《いえやす》の小姓《こしょう》に取《と》り立《た》てられました。

その知《し》らせを松岳院《しょうがくいん》で聞《き》き、直虎《なおとら》たちは喜《よろこ》びで目《め》に涙《なみだ》をにじませました。

「祐《ゆう》、御家再興《おいえさいこう》が見《み》えてきましたね」

「ええ、虎松《とらまつ》なら無事《ぶじ》に務《つと》めを果《は》たし、必《かなら》ずや成《な》し遂《と》げてくれるでしょう。母上《ははうえ》、わたしは少《すこ》し外《そと》の空気《くうき》を吸《す》ってきます」

直虎《なおとら》はそう言《い》って外《そと》に出《で》ると、共保公出生《ともやすこうしゅっしょう》の井戸《いど》へと走《はし》りました。

星降《ほしふ》る夜空《よぞら》を見上《みあ》げ、目《め》を閉《と》じると、駿府《すんぷ》へと旅立《たびだ》つ直親《なおちか》を見送《みおく》ったあの日《ひ》のことがありありと脳裏《のうり》によみがえってきました。

(直親殿《なおちかどの》……。虎松《とらまつ》をどうか見守《みまも》ってやってください)

星《ほし》がひとつ夜空《よぞら》を駆《か》け抜《ぬ》けるのと同時《どうじ》に、直虎《なおとら》の頬《ほお》に涙《なみだ》がひとすじ流《なが》れ落《お》ちました。

❖直政《なおまさ》は美少年《びしょうねん》だった❖

天正《てんしょう》3年《ねん》（1575年《ねん》）2月《がつ》15日《にち》、鷹狩《たかが》りの道中《どうちゅう》で家康《いえやす》に目通《めどお》りした直政《なおまさ》。その記録《きろく》は「井伊《いい》家伝記《けでんき》」、「徳川実紀《とくがわじっき》」、新井白石《あらいはくせき》が記《しる》した「藩翰譜《はんかんふ》」などに残《のこ》されていますが、そのどれにも共《きょう》通《つう》するのが「直政《なおまさ》の容姿《ようし》は並《な》みではなかった」ということです。少年時代《しょうねんじだい》の直政《なおまさ》は、上品《じょうひん》で優美《ゆうび》な気品《きひん》を備《そな》えていたそうで、後年《こうねん》「井伊《いい》の赤鬼《あかおに》」と恐《おそ》れられる勇猛《ゆうもう》な武将《ぶしょう》になるとは、当時《とうじ》は誰《だれ》も想像《そうぞう》がつかなかったと思《おも》われます。やがて戦国《せんごく》の世《よ》は秀吉《ひでよし》の時代《じだい》になり――秀吉《ひでよし》が家康《いえやす》に臣従《しんじゅう》を迫《せま》った際《さい》、家康《いえやす》が上洛《じょうらく》する間《あいだ》、人質《ひとじち》として母《はは》・大政所《おおまんどころ》を出《だ》したのですが、その世話《せわ》をしたのが直政《なおまさ》でした。きめ細《こま》やかな接待《せったい》とイケメンぶりに、大政所《おおまんどころ》をはじめ、お付《つ》きの侍女《じじょ》たちはメロメロだったとか。大政所《おおまんどころ》から話《はなし》を聞《き》いた秀吉《ひでよし》は自《みずか》ら茶《ちゃ》を立《た》て、直政《なおまさ》の引《ひ》き抜《ぬ》きにかかりますが、同《おな》じ席《せき》に家康《いえやす》の元家臣《もとかしん》・石川数正《いしかわかずまさ》がいるのを見《み》て、「先祖《せんぞ》から仕《つか》える主君《しゅくん》を裏切《うらぎ》った臆病者《おくびょうもの》と同席《どうせき》することお断《ことわ》り申《もう》す」と言《い》い、家康《いえやす》への忠誠心《ちゅうせいしん》を見《み》せつけたそうです。直政《なおまさ》は見《み》た目《め》だけでなく心《こころ》もイケメンだったのですね。

戦国姫《せんごくひめ》

―井《い》伊《い》直虎《なおとら》の物語《ものがたり》―

昇《しょう》龍《りゅう》の章《しょう》

1　万千代《まんちよ》、井伊谷《いいのや》を取《と》り戻《もど》す――天正《てんしょう》4年《ねん》（1576年《ねん》）――

「井伊谷《いいのや》は井伊直親《いいなおちか》の息子《むすこ》・虎松《とらまつ》にございます」

虎松《とらまつ》が美《うつく》しい所作《しょさ》であいさつをしますと、家康《いえやす》が家臣《かしん》たちに言《い》いました。

「これに控《ひか》える若者《わかもの》は、我《わ》がために命《いのち》を落《お》とした者《もの》の子《こ》じゃ。わしはそれに報《むく》いてやらねばならぬ。皆《みな》の者《もの》、よろしく頼《たの》むぞ」

家康《いえやす》は自身《じしん》の幼名《ようみょう》「竹千代《たけちよ》」にちなみ、虎松《とらまつ》に「万千代《まんちよ》」という名《な》を与《あた》え、虎松《とらまつ》とともについてきた小野亥之助《おのいのすけ》――直親《なおちか》の家老《かろう》・小野玄蕃《おののげんば》の息子《むすこ》で虎松《とらまつ》の母方《ははかた》の従弟《いとこ》――に「万《まん》福《ぷく》」という名《な》をつけて、ふたりを小姓《こしょう》に取《と》り立《た》てました。

「亡《な》き直親殿《なおちかどの》は我《わ》が妻《つま》・瀬名《せな》の従兄《いとこ》。それにな、そちの義祖父《そふ》――井伊直盛殿《いいなおもりどの》とは、『桶《おけ》狭間《はざま》の戦《たたか》い』の際《さい》、ともに先鋒《せんぽう》を務《つと》めた仲《なか》じゃ。あのとき、わしは義元公《よしもとこう》に兵糧《ひょうろう》を大高城《おおだかじょう》に運《はこ》び入《い》れるよう命《めい》じられ、本隊《ほんたい》から外《はず》れてしまった。思《おも》えばあれが運命《うんめい》の分《わ》かれ道《みち》だったのだろうな……」

昔《むかし》を思《おも》い出《だ》して、家康《いえやす》はしみじみつぶやき、続《つづ》けました。

「なにはともあれ、井伊《いい》の子《こ》が徳川《とくがわ》に仕《つか》えること、うれしく思《おも》うぞ」

「ははっ」

虎松《とらまつ》改《あらた》め万千代《まんちよ》は深《ふか》く頭《あたま》を下《さ》げましたが、少《すこ》しの不安《ふあん》を胸《むね》に抱《かか》えていました。

(小姓《こしょう》ということは、子《こ》どものまま仕《つか》えるということ……。家康様《いえやすさま》は私《わたし》の働《はたら》きを見《み》て、いつ元服《げんぷく》させるか決《き》めようというのか)

万千代《まんちよ》の目標《もくひょう》は元服《げんぷく》し、正当《せいとう》な後継《あとつ》ぎとして晴《は》れて井伊家《いいけ》を継《つ》ぎ、家《いえ》を再興《さいこう》することです。

(一刻《いっこく》も早《はや》く手柄《てがら》を立《た》てなければ……!)

浜松《はままつ》に来《き》てから三か月後《げつご》。

その機会《きかい》は訪《おとず》れたかのように見《み》えました。

家康《いえやす》は信玄《しんげん》の後《あと》を継《つ》いだ甲斐《かい》の武田勝頼《たけだかつより》と、長篠《ながしの》にて戦《たたか》うことになったのです。

（いよいよ初陣《ういじん》か！）

しかし、家康《いえやす》は小姓《こしょう》に取《と》り立《た》てたばかりの万千代《まんちよ》が、戦場《せんじょう》に出《で》ることを許《ゆる》しませんでした。

「早《はや》く手柄《てがら》を立《た》てねばならぬのに！」

「万千代様《まんちよさま》、今《いま》は辛抱《しんぼう》ください。時《とき》を待《ま》つのです」

万福《まんぷく》がなだめましたが、万千代《まんちよ》はイライラと唇《くちびる》を噛《か》みました。

「私《わたし》はこれまで待《ま》ちすぎるほど待《ま》ったのだ！」

万千代《まんちよ》は、このように気性《きしょう》の激《はげ》しいところがありましたので、

（もしかしたら、家康様《いえやすさま》は万千代様《まんちよさま》のこういったご気性《きしょう》を見抜《みぬ》き、忍耐《にんたい》を養《やしな》おうとしておられるのでは……？）

万福《まんぷく》はこのように思《おも》いましたが、万千代《まんちよ》には言《い》いませんでした。

やがて、家康《いえやす》は信長《のぶなが》とともに長篠《ながしの》にて戦国最強《せんごくさいきょう》と謳《うた》われた武田《たけだ》の騎馬軍団《きばぐんだん》を討《う》ち破《やぶ》り、勝利《しょうり》を手《て》に帰《かえ》ってきました。

「いやあ、鉄砲《てっぽう》の三段撃《さんだんう》ちとは！　信長様《のぶながさま》は考《かんが》えることがやはり人《ひと》とは違《ちが》う！」

「ええ、一列目《れつめ》が撃《う》ったあと、二列目《れつめ》、三列目《れつめ》がすぐに続《つづ》き、敵《てき》に連続《れんぞく》で鉄砲玉《てっぽうだま》を浴《あ》びせるとは！」

「素晴《すば》らしい戦略《せんりゃく》でござった！」

長篠《ながしの》の戦《たたか》いに参戦《さんせん》した武将《ぶしょう》たちは戦《いくさ》の話《はなし》で盛《も》り上《あ》がり、大《おお》いに酒《さけ》を酌《く》み交《か》わしています。

その様子《ようす》を見《み》ていると、万千代《まんちよ》は、

（私《わたし》もその場《ば》にいたかった……。私《わたし》は誰《だれ》よりも素早《すばや》く走《はし》り、稲妻《いなずま》のように敵《てき》に斬《き》りかかり、真《ま》っ先《さき》に敵《てき》の大将首《たいしょうくび》を挙《あ》げてみせるのに！）

と、またも人知《ひとし》れず、悔《くや》しさで唇《くちびる》を噛《か》むのでした。

そんな万千代《まんちよ》の心中《しんちゅう》を知《し》ってか知《し》らずか、小姓《こしょう》となって一年《ねん》が経《た》った天正《てんしょう》4年《ねん》（1576年《ねん》）2月《がつ》。家康《いえやす》は、万千代《まんちよ》の具足初《ぐそくはじめ》を執《と》り行《おこな》いました。

具足初《ぐそくはじめ》とは、武将《ぶしょう》の子《こ》が初《はじ》めて甲冑《かっちゅう》を身《み》に着《つ》ける儀式《ぎしき》のことです。具足親《ぐそくおや》には、その武《ぶ》勇《ゆう》にあやかるよう、勇猛《ゆうもう》な武将《ぶしょう》をつけるのが習《なら》わしで、万千代《まんちよ》に甲冑《かっちゅう》を着《き》せる具足親《ぐそくおや》は、美濃国《みののくに》は名門《めいもん》・土岐氏《ときし》の流《なが》れを汲《く》む菅沼権蔵《すがぬまごんぞう》という男《おとこ》が務《つと》めることになりました。家康《いえやす》は、権蔵《ごんぞう》が武勇《ぶゆう》に優《すぐ》れているのはもちろんのこと、五百年《ひゃくねん》続《つづ》く名門《めいもん》・井伊家《いいけ》の嫡男《ちゃくなん》にふさわしい家柄《いえがら》の男《おとこ》を選《えら》んでくれたのです。

(家康様《いえやすさま》は、私《わたし》を低《ひく》く見《み》ていたわけではなかったのだな)

万千代《まんちよ》は感激《かんげき》し、家康《いえやす》のために力《ちから》を尽《つ》くしていこうと改《あらた》めて心《こころ》に決《き》めたのでした。

そうして、具足初《ぐそくはじめ》を行《おこな》ってしばらく経《た》った頃《ころ》、ようやく万千代《まんちよ》の腕《うで》を発揮《はっき》する事件《じけん》が起《お》きました。

戦《いくさ》に出《で》ていた家康《いえやす》の寝所《しんじょ》に、何者《なにもの》かが忍《しの》び込《こ》んだのです。それは、武田《たけだ》が家康《いえやす》を暗殺《あんさつ》するために放《はな》った間者《かんじゃ》でした。

宿直《とのい》をしていた万千代《まんちよ》は異変《いへん》に気《き》づき、すぐに刀《かたな》を抜《ぬ》くと、不審者《ふしんしゃ》に斬《き》りつけ――家康《いえやす》はことなきを得《え》ました。

「万千代《まんちよ》、よくぞ気《き》づいた。そちがいなければ、この命《いのち》、取《と》られていたやもしれぬ。礼《れい》を言《い》うぞ」

「いえ、礼《れい》などいりません。むしろ、私《わたし》は今《いま》、家康様《いえやすさま》に対《たい》し、申《もう》し訳《わけ》なさでいっぱいなのです。ひとりは斬《き》りましたが、ひとりは手傷《てきず》を負《お》わせたものの、取《と》り逃《に》がしてしまいました……」

万千代《まんちよ》が調子《ちょうし》に乗《の》らず、そう言《い》ってくやしげに唇《くちびる》を噛《か》むのを見《み》て、家康《いえやす》は顔《かお》を上《あ》げるよう言《い》いました。

「そちの忠義《ちゅうぎ》、しかとこの目《め》で見《み》た。徳川《とくがわ》に来《き》て日《ひ》も浅《あさ》いというのに実《じつ》に天晴《あっぱれ》じゃ」

「私《わたし》は義母《はは》から、家康様《いえやすさま》に忠義《ちゅうぎ》を尽《つ》くせと命《めい》じられております。家康様《いえやすさま》のためでしたら、この命《いのち》、惜《お》しくはございません」

「そうか……」

万千代《まんちよ》の言葉《ことば》に感激《かんげき》した家康《いえやす》は、深《ふか》くうなずきました。

「義母上《ははうえ》と言《い》うと、もしかして、あの直虎殿《なおとらどの》か」

「はい、そうですが？」

万千代《まんちよ》が目《め》を丸《まる》くしますと、家康《いえやす》はおかしそうに笑《わら》い出《だ》しました。

「直虎殿《なおとらどの》には一度《いちど》会《お》うたことがある。なかなかの女傑《じょけつ》よの。そうか、そちはあの者《もの》に育《そだ》てられたのか——」

家康《いえやす》は八年前《ねんまえ》、今川氏真《いまがわうじざね》を滅《ほろ》ぼすべく遠江《とおとうみ》に侵攻《しんこう》した際《さい》、井伊谷城《いいのやじょう》に立《た》ち寄《よ》ったときのことを思《おも》い出《だ》しました。

(あのときの直虎《なおとら》は、少々《しょうしょう》敵意《てきい》を潜《ひそ》ませておった。徳川《とくがわ》のために、無血開城《むけつかいじょう》したのではないと……。この数年《すうねん》の間《あいだ》に、わしのことを万千代《まんちよ》が仕《つか》えるにふさわしい主《あるじ》と見極《みきわ》めたわけか。では、それに応《こた》えねばならぬな)

家康《いえやす》は万千代《まんちよ》を見《み》つめ、うなずきました。

「そちには褒美《ほうび》として、井伊谷《いいのや》を与《あた》え、三千石《ぜんごく》に加増《かぞう》しよう」

「え……」

「井伊谷《いいのや》に帰《かえ》って、直虎殿《なおとらどの》にも知《し》らせるがよい」


浜松《はままつ》から井伊谷《いいのや》へは、馬《うま》を駆《か》って一日《にち》ほど。

万千代《まんちよ》は急《いそ》いで馬《うま》を走《はし》らせ、故郷《こきょう》へと戻《もど》りました。

松岳院《しょうがくいん》の前《まえ》に着《つ》いた万千代《まんちよ》は馬《うま》をつなぐのももどかしく、中《なか》にいるであろう直虎《なおとら》に向《む》かって叫《さけ》びました。

「義母上《ははうえ》、やりました！　私《わたし》はやりましたぞ！」

「万千代《まんちよ》か？　なにがあった？」

顔《かお》を出《だ》した直虎《なおとら》に、万千代《まんちよ》は事《こと》の次第《しだい》を話《はな》して聞《き》かせました。

そうしているうちに、騒《さわ》ぎに気《き》づき、直虎《なおとら》の母《はは》・椿《つばき》や、龍潭寺《りょうたんじ》からは南渓和尚《なんけいおしょう》や僧《そう》たちが出《で》てきました。

「万千代《まんちよ》、よくやった！」

「御家再興《おいえさいこう》の第一歩《だいいっぽ》だな」

直虎《なおとら》をはじめ、皆《みな》が喜《よろこ》びに沸《わ》き立《た》ちます。

「父《ちち》・直盛《なおもり》の時代《じだい》、井伊家《いいけ》は二万五千石《まんせんごく》であった。それを目指《めざ》し、家康様《いえやすさま》のもとでなお一層《いっそう》励《はげ》めよ」

直虎《なおとら》がそう言《い》いますと、万千代《まんちよ》は「はい」と力強《ちからづよ》くうなずきました。

「私《わたし》は浜松《はままつ》で武功《ぶこう》に励《はげ》みますので、井伊谷《いいのや》は義母上《ははうえ》におまかせします」

「え……いいのですか？」

「ええ、私《わたし》は今《いま》、家康様《いえやすさま》のそば近《ちか》くに控《ひか》え、浜松《はままつ》に身《み》を置《お》く身《み》。かつてのように義母上《ははうえ》が井伊谷《いいのや》を守《まも》ってくだされば、安心《あんしん》です」

「万千代《まんちよ》……」

万千代《まんちよ》の気遣《きづか》いに感謝《かんしゃ》しつつ、直虎《なおとら》は深《ふか》くうなずいてみせたのでした。

その後《ご》、万千代《まんちよ》は武田勝頼《たけだかつより》との戦《いくさ》で活躍《かつやく》し、またも加増《かぞう》されました。天正《てんしょう》6年《ねん》（1578年《ねん》）の3月《がつ》、田中城攻略《たなかじょうこうりゃく》で手柄《てがら》を立《た》て、さらに一万石《まんごく》を加増《かぞう》され、一万《まん》三千石《ぜんごく》となったのです。

「万千代《まんちよ》の働《はたら》きは、本当《ほんとう》に素晴《すば》らしいわね……」

病床《びょうしょう》にあった直虎《なおとら》の母《はは》・椿《つばき》はとても喜《よろこ》び——。

そして、その年《とし》の7月《がつ》15日《にち》。直虎《なおとら》に看取《みと》られ、息《いき》を引《ひ》き取《と》りました。

長年《ながねん》、松岳院《しょうがくいん》でともに暮《く》らし、先祖《せんぞ》の菩提《ぼだい》を弔《とむら》ってきた直虎《なおとら》は、母《はは》の死《し》に大変《たいへん》打《う》ちひし

がれました。

「大叔父上《おおおじうえ》、わたしに新《あら》たな名前《なまえ》をください。母上《ははうえ》の菩提《ぼだい》を弔《とむら》うため、法名《ほうみょう》をいただきたいのです」

「そうか……」

南渓《なんけい》は直虎《なおとら》の願《ねが》いを聞《き》き入《い》れ、「祐圓尼《ゆうえんに》」という名《な》を与《あた》えました。

その後《ご》も直虎《なおとら》は母《はは》や先祖《せんぞ》の菩提《ぼだい》を弔《とむら》いながら、井伊谷《いいのや》の領国経営《りょうごくけいえい》に力《ちから》を尽《つ》くすというかたちで、万千代《まんちよ》を支《ささ》えていきました。

万千代《まんちよ》は天正《てんしょう》8年《ねん》（1580年《ねん》）二十歳《はたち》のとき、さらに七千石《せんごく》を加増《かぞう》され二万石《まんごく》に、そして、翌年《よくとし》の天正《てんしょう》9年《ねん》（1581年《ねん》）春《はる》、武田《たけだ》との戦《たたか》いのひとつ「高天神城《たかてんじんじょう》の戦《たたか》い」で水《みず》の手《て》を断《た》つことで落城《らくじょう》させたのです。

（万千代《まんちよ》は、本当《ほんとう》にすごいわ……）

万千代《まんちよ》がこうして異例《いれい》の早《はや》さで出世《しゅっせ》していくのを、直虎《なおとら》は井伊谷《いいのや》から頼《たの》もしく見守《みまも》り続《つづ》けたのですが――。

（あとは万千代《まんちよ》の元服《げんぷく》を見届《みとど》ければ……思《おも》い残《のこ》すことはないわ）

これだけの活躍《かつやく》を見《み》せているのに、家康《いえやす》はなぜか万千代《まんちよ》の元服《げんぷく》の儀《ぎ》を執《と》り行《おこな》おうとしません。ですので、万千代《まんちよ》はいまだに小姓姿《こしょうすがた》のままなのです。

(私《わたし》はもう長《なが》くない……生《い》きている間《あいだ》に見《み》られるといいのだけれど。ああ、でも、どんなかたちであれ、万千代《まんちよ》が無事《ぶじ》に働《はたら》けるなら、それでいいと思《おも》わなければいけないわね――)

直虎《なおとら》は人知《ひとし》れず苦《くる》しい息《いき》を吐《は》き、万千代《まんちよ》の身体《からだ》を心配《しんぱい》するのでした。

❖万千代《まんちよ》のスピード出世《しゅっせ》のわけは？❖

徳川《とくがわ》の譜代《ふだい》の家臣《かしん》でもないのに、トントン拍子《びょうし》に出世《しゅっせ》をし、最終的《さいしゅうてき》には「徳川四天王《とくがわしてんのう》」のひとりと称《しょう》されるようになった井伊直政《いいなおまさ》。

二十二歳《さい》まで元服《げんぷく》せず、小姓姿《こしょうすがた》のままでいたことから、のちに「家康《いえやす》の男色《だんしょく》の相手《あいて》だったからでは？」とささやかれるようになりました。

ですが、いくらそういった関係《かんけい》だといっても、優秀《ゆうしゅう》でなければ出世《しゅっせ》は厳《きび》しいもの。それと戦国《せんごく》時代《じだい》は「御家《おいえ》が大事《だいじ》」で血《ち》のつながりを重視《じゅうし》していましたから、井伊家《いいけ》が家康《いえやす》の正室《せいしつ》・瀬名姫《せなひめ》（築山殿《つきやまどの》）の実家《じっか》であることも家康《いえやす》には重要《じゅうよう》なことだったと思《おも》われます。天下人《てんかびと》となった秀吉《ひでよし》も正室《せいしつ》・おねの親戚筋《しんせきすじ》の子《こ》を多《おお》く取《と》り立《た》てましたし……。

また、井伊家《いいけ》は五百年続《ひゃくねんつづ》く名門《めいもん》で、かつては「遠江介《とおとうみのすけ》」を拝領《はいりょう》し、遠江《とおとうみ》を支配《しはい》していたこともあります。名門《めいもん》の出《で》の者《もの》を家臣《かしん》に加《くわ》えるのは一種《いっしゅ》のステータスであり、そういった、いわゆる〝ブランド力《りょく》〟も直政《なおまさ》の出世《しゅっせ》を後押《あとお》ししたのでしょうね。

2　直虎《なおとら》、永眠《えいみん》す――天正《てんしょう》10年《ねん》（1582年《ねん》）――

天正《てんしょう》10年《ねん》（1582年《ねん》）3月《がつ》。

「天目山《てんもくざん》の戦《たたか》い」にて武田《たけだ》が滅亡《めつぼう》し、信長《のぶなが》は甲斐《かい》・信濃《しなの》を、家康《いえやす》は駿河《するが》を手《て》に入《い》れました。家康《いえやす》はかつて仕《つか》えていた今川義元《いまがわよしもと》と同《おな》じく、駿河《するが》・遠江《とおとうみ》・三河《みかわ》の三国《ごく》を統《す》べる大大名《だいだいみょう》となったのです。

信長《のぶなが》は同時《どうじ》に越後《えちご》の上杉《うえすぎ》、中国《ちゅうごく》の毛利《もうり》らとの戦《たたか》いも続《つづ》けており、6月《がつ》には四国《しこく》の長宗我部《ちょうそがべ》を攻《せ》めるべく、三男《なん》の信孝《のぶたか》に命《めい》じて大軍《たいぐん》を差《さ》し向《む》けようとしていました。

その前《まえ》に、信長《のぶなが》は長年苦楽《ながねんくらく》をともにしてきた盟友《めいゆう》の家康《いえやす》と、武田《たけだ》攻《ぜ》めで功《こう》を挙《あ》げた穴山梅雪《あなやまばいせつ》を安土城《あづちじょう》に招《まね》き、明智光秀《あけちみつひで》に命《めい》じ、贅《ぜい》を凝《こ》らした膳《ぜん》を作《つく》らせてもてなしました。のちの世《よ》にいう「安土饗応《あづちきょうおう》」です。

「信長様《のぶながさま》、駿河《するが》一国《いっこく》を賜《たまわ》り、恐悦至極《きょうえつしごく》に存《ぞん》じます」

「うむ。もうすぐ日《ひ》の本《もと》のすべてが俺《おれ》の手《て》に入《はい》る。家康殿《いえやすどの》、これからも頼《たの》むぞ」

「ははっ、この家康《いえやす》、信長様《のぶながさま》にどこまでもついていきまする」

この旅《たび》には、酒井忠次《さかいただつぐ》、榊原康政《さかきばらやすまさ》、石川数正《いしかわかずまさ》、服部半蔵《はっとりはんぞう》ら、家康《いえやす》の側近中《そっきんちゅう》の側近《そっきん》たちとともに、万千代《まんちよ》も同行《どうこう》していました。

万千代《まんちよ》は安土城《あづちじょう》の豪華絢爛《ごうかけんらん》さに目《め》を奪《うば》われ、城下《じょうか》の様子《ようす》もつぶさに観察《かんさつ》しました。

城下町《じょうかまち》には青《あお》い目《め》をした宣教師《せんきょうし》たちが歩《ある》いていたりして、まるで異国《いこく》のようです。

(やはり天下《てんか》を目指《めざ》す御方《おかた》は違《ちが》う)

しかし、この「安土饗応《あづちきょうおう》」の最中《さいちゅう》、織田《おだ》で異変《いへん》が起《お》きました。信長《のぶなが》が饗応役《きょうおうやく》から光秀《みつひで》を外《はず》し、中国《ちゅうごく》の毛利《もうり》との戦《たたか》いに向《む》かうよう命《めい》じたのです。

「秀吉《ひでよし》が、もうすぐ備中高松城《びっちゅうたかまつじょう》を落《お》とすようだ。そこで最後《さいご》の仕上《しあ》げを俺《おれ》にぜひ、と言《い》ってきた。家康殿《いえやすどの》は堺《さかい》にでも寄《よ》ってのんびりしていくといい」

信長《のぶなが》も出発《しゅっぱつ》することになり、家康《いえやす》一行《いっこう》は京《きょう》を経由《けいゆ》して堺見物《さかいけんぶつ》に出《で》かけました。

日本《にほん》の中心《ちゅうしん》である京《きょう》の都《みやこ》や、貿易《ぼうえき》でにぎわう港町《みなとまち》・堺《さかい》の様子《ようす》に、万千代《まんちよ》はこれまた刺激《しげき》を受《う》けたのですが――。
6月《がつ》2日《ふつか》未明《みめい》――。歴史《れきし》を揺《ゆ》るがす大事件《だいじけん》が起《お》きてしまうのです。

「信長様《のぶながさま》が明智光秀《あけちみつひで》に討《う》たれたと!?」

その報《ほう》を聞《き》くなり、家康《いえやす》は愕然《がくぜん》とし、座《すわ》り込《こ》んでしまいました。

「信長様《のぶながさま》が……」

「殿《との》、急《いそ》ぎ、三河《みかわ》へ向《む》かいましょう」

酒井忠次《さかいただつぐ》や榊原康政《さかきばらやすまさ》が放心《ほうしん》の家康《いえやす》を促《うなが》し、一行《いっこう》は急《いそ》ぎ、出発《しゅっぱつ》することになりました。

京《きょう》では信長《のぶなが》だけでなく同行《どうこう》していた嫡男《ちゃくなん》・信忠《のぶただ》まで討《う》たれ、その日《ひ》の朝《あさ》、摂津《せっつ》の港《みなと》から四国攻《しこくぜ》めに向《む》かうはずだった三男《なん》・信孝《のぶたか》の軍《ぐん》も散《ち》り散《ぢ》りになったという話《はなし》です。

「上方《かみがた》にいては、明智《あけち》に命《いのち》を狙《ねら》われます！　さあ、お早《はや》く！」

家康《いえやす》は信長《のぶなが》の盟友《めいゆう》ですので、光秀《みつひで》は当然《とうぜん》、家康《いえやす》の首《くび》を狙《ねら》ってくるでしょう。

家康《いえやす》の供《とも》はわずか三十二名《めい》。今《いま》、大軍《たいぐん》で攻《せ》められたら、ひとたまりもありません。

「殿《との》、お早《はや》く！」

万千代《まんちよ》も側近《そっきん》たちとともに家康《いえやす》を守《まも》りつつ、堺《さかい》を離《はな》れました。


「本能寺《ほんのうじ》の変《へん》」の急報《きゅうほう》は、井伊谷《いいのや》にも衝撃《しょうげき》をもたらしました。

(万千代《まんちよ》、どうか無事《ぶじ》でいて……！)

直虎《なおとら》は病《やまい》に侵《おか》された身《み》を押《お》し、万千代《まんちよ》の無事《ぶじ》の帰還《きかん》を必死《ひっし》に祈《いの》り続《つづ》けました。

やがて、家康《いえやす》が6月《がつ》4日《か》に岡崎城《おかざきじょう》に入《はい》ったという知《し》らせがきました。

万千代《まんちよ》も一緒《いっしょ》です。堺《さかい》から決死《けっし》の思《おも》いで伊賀《いが》の山々《やまやま》を越《こ》え、伊勢《いせ》から船《ふね》に乗《の》り、無事《ぶじ》に三河《みかわ》へとたどり着《つ》いたのです。

(万千代《まんちよ》が無事《ぶじ》でよかった……)

万千代《まんちよ》は後日《ごじつ》、この「伊賀越《いがこ》え」での活躍《かつやく》を称《たた》えられ、家康《いえやす》から褒美《ほうび》に孔雀《くじゃく》の羽《はね》の陣羽《じんば》織《おり》を賜《たまわ》りました。

そうして、激動《げきどう》の6月《がつ》が過《す》ぎ――……。

「本能寺《ほんのうじ》の変《へん》」での心労《しんろう》が祟《たた》ったのか、夏《なつ》の暑《あつ》さが堪《こた》えるようになり、直虎《なおとら》は床《とこ》から起《お》き上《あ》がることもままならなくなり……。

(できれば、万千代《まんちよ》の元服《げんぷく》した姿《すがた》を見《み》たかったけれど……。井伊家《いいけ》の再興《さいこう》を見届《みとど》けることができたのだから……。思《おも》い残《のこ》すことはもうないわ)

直虎《なおとら》は、そばで見守《みまも》る大叔父《おおおじ》――南渓和尚《なんけいおしょう》を見《み》ました。

「大叔父上《おおおじうえ》、井伊家《いいけ》を……万千代《まんちよ》を頼《たの》みます」

「直虎《なおとら》よ。これまでよくやってくれた……。安心《あんしん》して逝《い》くがよい」

天正《てんしょう》10年《ねん》(1582年《ねん》)8月《がつ》26日《にち》。

直虎《なおとら》は南渓和尚《なんけいおしょう》に看取《みと》られ、松岳院《しょうがくいん》で静《しず》かに息《いき》を引《ひ》き取《と》りました。

その頃《ころ》、万千代《まんちよ》は甲斐《かい》で相模《さがみ》の北条氏直《ほうじょううじなお》の軍《ぐん》と戦《たたか》っていました。

信長亡《のぶながな》きあと、のちに「天正壬午《てんしょうじんご》の乱《らん》」と呼《よ》ばれる、甲斐《かい》・信濃《しなの》の武田遺領争奪戦《たけだいりょうそうだつせん》が行《おこな》われていたのです。


陣中《じんちゅう》に届《とど》いた悲報《ひほう》に、万千代《まんちよ》はただ涙《なみだ》しました。

(義母上《ははうえ》……逝《い》ってしまわれたのか)

今《いま》すぐ井伊谷《いいのや》に飛《と》んで帰《かえ》り、亡骸《なきがら》に顔《かお》を埋《うず》めて泣《な》き崩《くず》れたい気持《きも》ちに襲《おそ》われましたが、役目《やくめ》を放《ほう》り出《だ》すわけにはいきません。

(家康様《いえやすさま》のもとで武功《ぶこう》に励《はげ》み、成果《せいか》を挙《あ》げるのが義母上《ははうえ》の供養《くよう》になるのだ!)

新《あら》たに気《き》を引《ひ》き締《し》めた万千代《まんちよ》に、家康《いえやす》は大役《たいやく》を命《めい》じました。

これ以上《いじょう》、北条《ほうじょう》とにらみ合《あ》うのは、互《たが》いの兵力《へいりょく》を消耗《しょうもう》するばかりで得策《とくさく》ではありません。ですので、家康《いえやす》は北条《ほうじょう》と和睦《わぼく》をする道《みち》を選《えら》んだのです。

その使者《ししゃ》に、まだ小姓《こしょう》の身《み》である万千代《まんちよ》が立《た》つことになり、万千代《まんちよ》は見事《みごと》に使命《しめい》を果《は》たしました。そして、この功績《こうせき》により、万千代《まんちよ》は二万石《まんごく》から一気《いっき》に倍《ばい》の四万石《まんごく》に加増《かぞう》されました。

(義母上《ははうえ》、ついに直盛公《なおもりこう》の石高《こくだか》を越《こ》えましたぞ！)

心《こころ》の中《なか》で直虎《なおとら》に報告《ほうこく》し、万千代《まんちよ》はさみしさとうれしさの混《ま》じる涙《なみだ》に暮《く》れました。

万千代《まんちよ》はまた家康《いえやす》から、武田《たけだ》の遺臣《いしん》たちとともに「赤備《あかぞな》え」を拝領《はいりょう》しました。

「赤備《あかぞな》え」は武田信玄《たけだしんげん》に仕《つか》え、猛虎《もうこ》の異名《いみょう》を取《と》った飯富虎昌《おぶとらまさ》が用《もち》いたものです。兜《かぶと》や甲冑《かっちゅう》、旗指物《はたさしもの》に至《いた》るまで赤《あか》で統一《とういつ》した軍団《ぐんだん》は、他国《たこく》の武将《ぶしょう》から恐《おそ》れられていました。

虎昌《とらまさ》亡《な》きあとは弟《おとうと》の山県昌景《やまがたまさかげ》が継承《けいしょう》していましたが、このたびの活躍《かつやく》で万千代《まんちよ》がその昌《まさ》景《かげ》の遺臣《いしん》たちを多《おお》く召《め》し抱《かか》えることになったので、それで「赤備《あかぞな》え」も拝領《はいりょう》する運《はこ》びとなったのです。

かつて井伊谷《いいのや》を火《ひ》の海《うみ》にした山県昌景《やまがたまさかげ》の赤備《あかぞな》えを継《つ》ぐとは、なんとも奇妙《きみょう》な巡《めぐ》り合《あ》わせでしたが……。家康《いえやす》が万千代《まんちよ》に「赤備《あかぞな》え」を使《つか》えと命《めい》じたのは、万千代《まんちよ》の勇猛《ゆうもう》さを買《か》ってのことにほかなりません。

大変《たいへん》な名誉《めいよ》に、万千代《まんちよ》はさらに身《み》を引《ひ》き締《し》めたのでした。

そして、直虎《なおとら》が逝《い》ってから三か月後《げつご》。

万千代《まんちよ》は元服《げんぷく》して家督《かとく》を継《つ》ぎ、「井伊直政《いいなおまさ》」と名《な》を改《あらた》め、家康《いえやす》の養女《ようじょ》を嫁《よめ》にもらい、ますます徳川《とくがわ》との絆《きずな》を深《ふか》めました。

(義母上《ははうえ》……見《み》ていてください。私《わたし》は徳川《とくがわ》の旗《はた》のもと、井伊家《いいけ》をますます盛《も》り立《た》てていきます)

その後《ご》、直政《なおまさ》は次々《つぎつぎ》と武功《ぶこう》を立《た》て——。

「井伊《いい》の赤鬼《あかおに》」と謳《うた》われる名将《めいしょう》として、後世《こうせい》まで語《かた》り継《つ》がれることになるのです。

戦国姫《せんごくひめ》 —井伊直虎《いいなおとら》の物語《ものがたり》— 用語集《ようごしゅう》

●**今川仮名目録（いまがわかなもくろく）**
今川氏《いまがわし》が領国《りょうごく》を統治《とうち》するために制定《せいてい》した分国法《ぶんこくほう》（法令《ほうれい》）。

●**烏帽子親（えぼしおや）**
元服《げんぷく》の儀式《ぎしき》で、成人《せいじん》する男子《だんし》に烏帽《えぼ》子《し》を被《かぶ》せる役《やく》。

●**家督（かとく）**
家長権《かちょうけん》のこと。基本的《きほんてき》に嫡男《ちゃくなん》が単独《たんどく》相続《そうぞく》する。日本国憲法《にほんこくけんぽう》施行後《しこうご》、この制度《せいど》は廃止《はいし》された。

●**家老（かろう）**
武家《ぶけ》の家臣団《かしんだん》の最高《さいこう》の地位《ちい》にある役《やく》職《しょく》。政治《せいじ》や経済《けいざい》を補佐《ほさ》する。

●**誼（ぎ）**
親《した》しいつき合《あ》いのこと。

●**草の者（くさのもの）**
武家《ぶけ》に仕《つか》える忍者《にんじゃ》。

●**国人領主（こくじんりょうしゅ）**
長《なが》い期間《きかん》、その土地《とち》に住《す》み着《つ》き、土《と》地《ち》とのつながりが深《ふか》い領主《りょうしゅ》。

●**小姓（こしょう）**
武将《ぶしょう》の身辺《しんぺん》に仕《つか》え、雑用《ざつよう》や護衛《ごえい》を果《は》たす役職《やくしょく》。

●**還俗（げんぞく）**
一度《いちど》出家《しゅっけ》した人《ひと》が、一般人《いっぱんじん》に戻《もど》ること。

●**正室（せいしつ）**
正式《せいしき》な妻《つま》のことで、ひとりしか許《ゆる》されない。

●**宗家（そうけ）**
一族《いちぞく》の本家《ほんけ》で、嫡流《ちゃくりゅう》の家系《かけい》。

●**側室（そくしつ）**
正室《せいしつ》以外《いがい》の妻《つま》のこと。戦国時代《せんごくじだい》は子孫《しそん》を残《のこ》すため多《おお》くの大名《だいみょう》が側室《そくしつ》を迎《むか》えた。

●**城代（じょうだい）**
城主《じょうしゅ》の留守中《るすちゅう》に城《しろ》を管理《かんり》する者《もの》。

●**鷹狩り（たかがり）**
鷹《たか》などの鳥《とり》を使《つか》った狩猟《しゅりょう》のひとつ。

●**嫡男（ちゃくなん）**
後継《あとつ》ぎと定《さだ》められた男子《だんし》をさす。正《せい》室《しつ》の子《こ》と側室《そくしつ》の子《こ》では、正室《せいしつ》の子《こ》が優先《ゆうせん》される場合《ばあい》が多《おお》い。

●**誅殺（ちゅうさつ）**
罪《つみ》をとがめて殺《ころ》すこと。

●**徳政令（とくせいれい）**
朝廷《ちょうてい》や幕府《ばくふ》が債権者《さいけんしゃ》などに債権《さいけん》を放《ほう》棄《き》させること（借金《しゃっきん》の帳消《ちょうけ》し）。

●**容顔美麗（ようがんびれい）**
顔《かお》、かたちが美《うつく》しいこと。

●**越後国（えちごのくに）**
現在《げんざい》の新潟県《にいがたけん》。

●**尾張国（おわりのくに）**
現在《げんざい》の愛知県西部《あいちけんせいぶ》。

●**甲斐国（かいのくに）**
現在《げんざい》の山梨県《やまなしけん》。

●**相模国（さがみのくに）**
現在《げんざい》の神奈川県《かながわけん》。

●**信濃国（しなののくに）**
現在《げんざい》の長野県《ながのけん》。

●**駿河国（するがのくに）**
現在《げんざい》の静岡県中東部《しずおかけんちゅうとうぶ》。

●**遠江国（とおとうみのくに）**
現在《げんざい》の静岡県西部《しずおかけんせいぶ》。

●**三河国（みかわのくに）**
現在《げんざい》の愛知県東部《あいちけんとうぶ》。

●**美濃国（みののくに）**
現在《げんざい》の岐阜県南部《ぎふけんなんぶ》。

戦国姫《せんごくひめ》 —井伊直虎《いいなおとら》の物語《ものがたり》—

年表《ねんぴょう》

1010年《ねん》（寛弘《かんこう》7年《ねん》）	井伊家《いいけ》初代《しょだい》共保《ともやす》、井戸《いど》の中《なか》より誕生《たんじょう》
1488年《ねん》（長享《ちょうきょう》2年《ねん》）	第《だい》二十代《だい》・井伊直平《いいなおひら》（直虎《なおとら》の曾祖父《そうそふ》）、遠江《とおとうみ》に生《う》まれる
1494年《ねん》（明応《めいおう》3年《ねん》）	今川氏親《いまがわうじちか》、遠江《とおとうみ》への侵攻《しんこう》を開始《かいし》
1526年《ねん》（大永《だいえい》6年《ねん》）	第《だい》二十二代《だい》・直盛《なおもり》（直虎《なおとら》の父《ちち》）、遠江《とおとうみ》に生《う》まれる
1536年《ねん》（天文《てんぶん》5年《ねん》）	花倉《はなくら》の乱《らん》。今川義元《いまがわよしもと》、家督《かとく》を継《つ》ぐ この頃《ころ》、直虎《なおとら》と第《だい》二十三代《だい》・直親《なおちか》、遠江《とおとうみ》に生《う》まれる
1539年《ねん》（天文《てんぶん》8年《ねん》）	この頃《ころ》、今川《いまがわ》と井伊《いい》が和睦《わぼく》。直平《なおひら》の娘《むすめ》を人質《ひとじち》に出《だ》す
1542年《ねん》（天文《てんぶん》11年《ねん》）	徳川家康《とくがわいえやす》、三河《みかわ》に生《う》まれる この頃《ころ》、家康《いえやす》の正室《せいしつ》・瀬名姫《せなひめ》（築山殿《つきやまどの》）、駿河《するが》に生《う》まれる
1544年《ねん》（天文《てんぶん》13年《ねん》）	第《だい》二十一代《だい》・直宗《なおむね》（直虎《なおとら》の祖父《そふ》）、田原城《たはらじょう》攻《ぜ》めで戦死《せんし》 直満《なおみつ》と直義《なおよし》（ふたりとも直虎《なおとら》の大叔父《おおおじ》）、今川《いまがわ》に誅殺《ちゅうさつ》される 直満《なおみつ》の子《こ》・直親《なおちか》も命《いのち》を狙《ねら》われ、井伊谷《いいのや》を脱出《だっしゅつ》
1545年《ねん》（天文《てんぶん》14年《ねん》）	直親《なおちか》、信州《しんしゅう》へ逃《のが》れる こののち、直親帰郷《なおちかききょう》までの間《あいだ》に直虎《なおとら》が出家《しゅっけ》し、次郎法師《じろうほうし》と名乗《なの》る
1555年《ねん》（弘治元年《こうじねん》）	直親《なおちか》、井伊谷《いいのや》へ帰郷《ききょう》。奥山朝利《おくやまともとし》の娘《むすめ》と結婚《けっこん》
1557年《ねん》（弘治《こうじ》3年《ねん》）	家康《いえやす》、瀬名姫《せなひめ》と結婚《けっこん》
1560年《ねん》（永禄《えいろく》3年《ねん》）	桶狭間《おけはざま》の戦《たたか》いにて、今川義元《いまがわよしもと》、直盛《なおもり》、戦死《せんし》
1561年《ねん》（永禄《えいろく》4年《ねん》）	第《だい》二十四代《だい》・直政《なおまさ》、遠江《とおとうみ》に生《う》まれる
1562年《ねん》（永禄《えいろく》5年《ねん》）	直親《なおちか》、小野但馬守《おのたじまのかみ》の讒言《ざんげん》により、暗殺《あんさつ》される 徳川家康《とくがわいえやす》と織田信長《おだのぶなが》、清須同盟成立《きよすどうめいせいりつ》
1563年《ねん》（永禄《えいろく》6年《ねん》）	直平《なおひら》、急死《きゅうし》
1565年《ねん》（永禄《えいろく》8年《ねん》）	直虎《なおとら》、還俗《げんぞく》し、井伊家《いいけ》の当主《とうしゅ》となる
1566年《ねん》（永禄《えいろく》9年《ねん》）	今川《いまがわ》が井伊《いい》に対《たい》し、徳政令《とくせいれい》を実行《じっこう》するよう命令《めいれい》 直虎《なおとら》は以後《いご》2年《ねん》に渡《わた》り、徳政令《とくせいれい》を留《と》め置《お》く
1568年《ねん》（永禄《えいろく》11年《ねん》）	織田信長《おだのぶなが》が上洛《じょうらく》。足利義昭《あしかがよしあき》を第《だい》十五代《だい》室町幕府将軍《むろまちばくふしょうぐん》の座《ざ》につける 今川《いまがわ》の圧力《あつりょく》に屈《くっ》し、直虎《なおとら》、徳政令《とくせいれい》を実行《じっこう》 小野但馬守《おのたじまのかみ》に井伊領《いいりょう》を横領《おうりょう》され、直虎《なおとら》、城《しろ》を出《で》る

	直政《なおまさ》、三河《みかわ》の鳳来寺《ほうらいじ》へ預《あず》けられる
	家康《いえやす》は遠江《とおとうみ》へ、武田信玄《たけだしんげん》は駿河《するが》への侵攻《しんこう》を開始《かいし》
	のち、家康《いえやす》が井伊領《いいりょう》を平定《へいてい》し、小野但馬守《おのたじまのかみ》、逃亡《とうぼう》
1569年《ねん》（永禄《えいろく》12年《ねん》）	家康《いえやす》、小野但馬守《おのたじまのかみ》を処刑《しょけい》
	今川氏《いまがわし》滅亡《めつぼう》
1572年《ねん》（元亀《げんき》3年《ねん》）	仏坂《ほとけざか》の戦《たたか》い。井伊谷《いいのや》が火《ひ》の海《うみ》になる
	三方ヶ原《みかたがはら》の戦《たたか》い。家康《いえやす》、武田信玄《たけだしんげん》に惨敗《ざんばい》
1573年《ねん》（元亀《げんき》4年《ねん》）	武田信玄《たけだしんげん》、信濃《しなの》にて死《し》す
	信長《のぶなが》が足利義昭《あしかがよしあき》を京《きょう》から追放《ついほう》し、室町幕府《むろまちばくふ》滅亡《めつぼう》
1574年《ねん》（天正《てんしょう》2年《ねん》）	直親《なおちか》の十三回忌《かいき》が龍潭寺《りょうたんじ》にて執《と》り行《おこな》われる
1575年《ねん》（天正《てんしょう》3年《ねん》）	直政《なおまさ》、家康《いえやす》に目通《めどお》りし、小姓《こしょう》に取《と》り立《た》てられ、三百石《さんびゃくこく》を与《あた》えられる
1576年《ねん》（天正《てんしょう》4年《ねん》）	直政《なおまさ》、具足初《ぐそくはじめ》の儀《ぎ》に臨《のぞ》む
	直政《なおまさ》、家康《いえやす》の陣《じん》に入《はい》った武田《たけだ》の間者《かんじゃ》を討《う》ち取《と》り、三千石《さんぜんごく》に加増《かぞう》される
1578年《ねん》（天正《てんしょう》6年《ねん》）	直政《なおまさ》、田中城《たなかじょう》攻《ぜ》めで武功《ぶこう》を挙《あ》げ、一万三千石《いちまんさんぜんごく》に加増《かぞう》される
1580年《ねん》（天正《てんしょう》8年《ねん》）	直政《なおまさ》、二万石《にまんごく》に加増《かぞう》される
1581年《ねん》（天正《てんしょう》9年《ねん》）	直政《なおまさ》、高天神城《たかてんじんじょう》の戦《たたか》いにて武功《ぶこう》を挙《あ》げる
1582年《ねん》（天正《てんしょう》10年《ねん》）	武田氏《たけだし》滅亡《めつぼう》
	直政《なおまさ》、家康《いえやす》の安土饗応《あづちきょうおう》に随行《ずいこう》し、その後《ご》、堺《さかい》へ向《む》かう
	本能寺《ほんのうじ》の変《へん》にて、織田信長《おだのぶなが》、死《し》す
	家康《いえやす》、堺《さかい》から三河《みかわ》へ決死《けっし》の「伊賀越《いがご》え」。直政《なおまさ》、活躍《かつやく》する
	直虎《なおとら》、死《し》す
	直政《なおまさ》、元服《げんぷく》。井伊家《いいけ》の家督《かとく》を継《つ》ぎ、家康《いえやす》の養女《ようじょ》と結婚《けっこん》
	直政《なおまさ》、四万石《よんまんごく》に加増《かぞう》される
	家康《いえやす》、旧武田家臣団《きゅうたけだかしんだん》の多《おお》くを直政《なおまさ》の配下《はいか》とし、「井伊《いい》の赤備《あかぞな》え」誕生《たんじょう》
1584年《ねん》（天正《てんしょう》12年《ねん》）	小牧《こまき》・長久手《ながくて》の戦《たたか》い
1585年《ねん》（天正《てんしょう》13年《ねん》）	直政《なおまさ》、六万石《ろくまんごく》に加増《かぞう》され、井伊谷《いいのや》旧領《きゅうりょう》をすべて拝領《はいりょう》する

参考《さんこう》文献《ぶんけん》

戦国姫《せんごくひめ》 ―井伊《いい》直虎《なおとら》の物語《ものがたり》―

★「井伊直虎GUIDE BOOK　井伊家ゆかりの地」（発行：浜松市）

★「知識ゼロからの戦国の姫君入門」小和田哲男：著（幻冬舎）

★「井伊直虎　戦国井伊一族と東国動乱史」小和田哲男：著（洋泉社）

★「遠江井伊氏物語」武藤全裕：著（発行：龍潭寺）

★「浜松に生まれて育ち生きぬいた井伊直虎物語」
（企画・製作・発行：浜松歴女探検隊）

★「女城主　井伊直虎」
（企画：レディ・サムライ直虎研究会　発行：姫街道連絡協議会　姫街道未来塾　上嶋裕志）

★「マンガで読む浜松ゆかりの偉人　歌人宗良親王物語」江川直美：著
（発行：歌人宗良親王物語編集委員会　後援：浜松市・浜松市教育委員会）

★「湖の雄　井伊氏～浜名湖北から近江へ、井伊一族の実像～」
（発行：公益財団法人静岡県文化財団）

★「城主になった女　井伊直虎」梓澤要：著（NHK出版）

★「この一冊でよくわかる！　女城主・井伊直虎」楠戸義昭：著（PHP文庫）

★「おんな領主　井伊直虎」渡邊大門：著（KADOKAWA）

★「おんな城主　井伊直虎　その謎と魅力」
石田雅彦：著　井伊達夫：監修（アスペクト）

あとがき　――次郎《じろう》法師《ほうし》は女《おんな》にこそあれ井伊家《いいけ》惣領《そうりょう》に生《う》まれ候《そうろう》――

みなさん、こんにちは。藤咲《ふじさき》あゆなです。

『戦国姫《せんごくひめ》―井伊直虎《いいなおとら》の物語《ものがたり》―』は、いかがでしたでしょうか。

戦国時代《せんごくじだい》、五百年《ひゃくねん》の歴史《れきし》を誇《ほこ》った井伊家《いいけ》は直虎《なおとら》の許婚《いいなずけ》「直親《なおちか》」で第《だい》二十三代目《だいめ》、その子《こ》「直政《なおまさ》」で第《だい》二十四代目《だいめ》を数《かぞ》えます。……そうです。残念《ざんねん》ながら、その間《あいだ》にいたはずの「直虎《なおとら》」は当主《とうしゅ》としてカウントされていないのです。これは〝女《おんな》〟だったことと、直政《なおまさ》が家督《かとく》を継《つ》げるようになるまでの〝中継《なかつ》ぎ〟の意味《いみ》が大《おお》きかったからだろうと思《おも》われます。

しかしながら、直虎《なおとら》の存在《そんざい》は完全《かんぜん》に無視《むし》されたわけではなく、「井伊家伝記《いいけでんき》」などの書物《しょもつ》に記《しる》されています。存亡《そんぼう》の危機《きき》を迎《むか》えた井伊家《いいけ》にとって、彼女《かのじょ》は直親《なおちか》から直政《なおまさ》へ家督《かとく》というバトンを渡《わた》す大《おお》きな役目《やくめ》を担《にな》ったからでしょう。

本書《ほんしょ》を書《か》くにあたり、私《わたし》は浜松《はままつ》へ行《い》き、直虎《なおとら》ゆかりの地《ち》をめぐってきました。

井伊谷城跡《いいのやじょうあと》はネットで調《しら》べたときは小《ちい》さな山《やま》だと思《おも》っていましたが、実際《じっさい》に登《のぼ》ってみると結構大変《けっこうたいへん》でした（私《わたし》がヘボヘボなせいかもしれませんが……）。

けれど、頂上《ちょうじょう》から景色《けしき》を見《み》ているうちに、胸《むね》にこみ上《あ》げてくるものがありました。五百《ひゃく》年《ねん》続《つづ》く歴史《れきし》の重《おも》み、離《はな》れ離《ばな》れになった許婚《いいなずけ》、好《す》きな人《ひと》の忘《わす》れ形見《がたみ》……。直虎《なおとら》はいろんなものを〝守《まも》ろう〟と思《おも》うたびに、ここに立《た》ったのではないか——そんな気《き》がしたからです。

それでは、ここで直虎《なおとら》にまつわる様々《さまざま》なエピソードにふれていきましょう。

【直虎《なおとら》と直親《なおちか》は同《おな》い年《どし》なのか】

私《わたし》は『戦国姫《せんごくひめ》』シリーズで「昔《むかし》の女性《じょせい》は生《う》まれた年《とし》も本当《ほんとう》の名前《なまえ》も残《のこ》っていないことが多《おお》い」と幾度《いくど》も書《か》いていますが、直虎《なおとら》の場合《ばあい》もわかっていません。今回《こんかい》は浜松《はままつ》で「直親《なおちか》と同《おな》い年《どし》と推定《すいてい》」と書《か》いている本《ほん》を多《おお》く見《み》かけたので、それに準《じゅん》じました。政略結婚《せいりゃくけっこん》の場合《ばあい》、年齢的《ねんれいてき》に釣《つ》り合《あ》いの取《と》れる相手《あいて》を選《えら》ぶ例《れい》が多《おお》いので、前後《ぜんご》二、三歳《さい》の差《さ》はあったかもしれませんが、直虎《なおとら》と直親《なおちか》は年齢的《ねんれいてき》にそう変《か》わらないと思《おも》われます。

【直虎《なおとら》が出家《しゅっけ》を決意《けつい》したのはなぜなのか】

「寛政重修諸家譜《かんせいちょうしゅうしょかふ》」には「直親《なおちか》に婚《こん》を約《やく》すといえども、直満害《なおみつがい》せられ、直親信濃国《なおちかしなののくに》にはしり、数年《すうねん》にしてかへらざりしかば、尼《あま》となり、次郎法師《じろうほうし》と号《ごう》す」と書《か》かれています。

「井伊家伝記《いいけでんき》」でも同《おな》じ経緯《けいい》が書《か》いてありますが、さらに詳《くわ》しく「一度《いちど》は直親《なおちか》と夫婦《めおと》にと思《おも》っていたのに、このようになってしまって」と嘆《なげ》いた両親《りょうしん》が「尼《あま》の名《な》はつけさせないでほしい」と南渓和尚《なんけいおしょう》に頼《たの》みましたが、直虎自身《なおとらじしん》が「出家《しゅっけ》したのだから、ぜひ尼《あま》の名《な》を」と望《のぞ》み……そこで南渓《なんけい》が考《かんが》えたのが、「次郎法師《じろうほうし》」という名前《なまえ》であったと記《しる》されています。「次郎法師《じろうほうし》は女《おんな》ではあるが、井伊家惣領《いいけそうりょう》に生《う》まれたのでこの名《な》がふさわしい」と考《かんが》えたそうです。「井伊家伝記《いいけでんき》」では続《つづ》けて「次郎法師《じろうほうし》は直親《なおちか》が誅殺《ちゅうさつ》されたあと、直政《なおまさ》が幼年《ようねん》だったため、井伊家《いいけ》の家督《かとく》を継《つ》ぎ、地頭職《じとうしき》を務《つと》めた」とあります。

短《みじか》い記述《きじゅつ》ではありますが、「ぜひ尼《あま》の名《な》を」と望《のぞ》んだ直虎《なおとら》の信心深《しんじんぶか》さが伝《つた》わってきますし、両親《りょうしん》の反対《はんたい》を押《お》し切《き》って出家《しゅっけ》した様子《ようす》がうかがえますので、直親《なおちか》が戻《もど》ってきても、そう簡単《かんたん》に気持《きも》ちは変《か》わらなかったのだと思《おも》います。

結局《けっきょく》、直親《なおちか》は「奥山朝利女《おくやまともとしのむすめ》」（作中《さくちゅう》では「小夜《さよ》」）と結婚《けっこん》しますが、これは十年《ねん》もの間《あいだ》、井伊谷《いいのや》を離《はな》れていた直親《なおちか》の後《うし》ろ盾《だて》として、親戚衆《しんせきしゅう》の奥山氏《おくやまし》の力《ちから》が必要《ひつよう》だったからでしょう。桶狭間《おけはざま》の折《おり》、直盛《なおもり》は「直親《なおちか》の家督相続《かとくそうぞく》はすぐに行《おこな》わず、城代《じょうだい》として中野直由《なかのなおよし》を立《た》てるよう」遺言《ゆいごん》しているので、井伊家《いいけ》の直系《ちょっけい》ではない直親《なおちか》を当主《とうしゅ》として周囲《しゅうい》に認《みと》めさせるのは難《むずか》しいものがあったのだろうと思《おも》われます。

【なぜ直虎《なおとら》と名乗《なの》ったのか】

「直虎《なおとら》」と名付《なづ》けたのも南渓《なんけい》だと言《い》われていますが、理由《りゆう》はわかっていません。「女《おんな》だとわからないように敢《あ》えて〝虎《とら》〟という勇《いさ》ましい字《じ》を入《い》れた」という説《せつ》もありますが……。

私《わたし》は作中《さくちゅう》で南渓《なんけい》の口《くち》を借《か》り、井伊家《いいけ》の通字《つうじ》〝直《なお》〟と虎松《とらまつ》の〝虎《とら》〟を合《あ》わせて、「虎松《とらまつ》が家督《かとく》を継《つ》ぐまでの間《あいだ》をつなぐという意味《いみ》を込《こ》めた」と書《か》きました。これは私《わたし》が「直虎《なおとら》の名《な》前《まえ》の由来《ゆらい》は、そういうことなのではないか？」と考《かんが》えたことであって、これが定説《ていせつ》というわけではないことを明記《めいき》しておきます。

次郎法師《じろうほうし》と呼《よ》ばれる以前《いぜん》の名前《なまえ》も不明《ふめい》なので、ここでは先《さき》に短編《たんぺん》（「―風《かぜ》の巻《まき》―」収録《しゅうろく》）として発表《はっぴょう》した際《さい》と同《おな》じく、直虎以後《なおとらいご》の法名《ほうみょう》「祐圓尼《ゆうえんに》」から一字《じ》取《と》り、「祐《ゆう》」としてあります。同《おな》じく、直虎《なおとら》の母《はは》も作中《さくちゅう》では法名《ほうみょう》の「祐椿尼《ゆうちんに》」から「椿《つばき》」としましたが、瀬名姫《せなひめ》の母《はは》「水名《みな》」、直親《なおちか》の妻《つま》「小夜《さよ》」は私《わたし》が彼女《かのじょ》たちのイメージに合《あ》うと思《おも》った名《な》をつけました。

【直虎《なおとら》は甲冑《かっちゅう》を着《き》たことがあるのか】

浜松《はままつ》でよく見《み》たのは、法衣《ほうえ》の上《うえ》に甲冑《かっちゅう》を身《み》につけている絵《え》です。直虎《なおとら》は「還俗《げんぞく》したあとも法衣《ほうえ》を着《き》ていた」と考《かんが》えられていますが、戦《いくさ》に出《で》たことはないので、実際《じっさい》には甲冑《かっちゅう》は身《み》につけなかったと思《おも》われます。ですが、井伊家《いいけ》には直虎《なおとら》が所用《しょよう》していたという曾祖父《そうそふ》・直《なお》平《ひら》の胴丸《どうまる》が伝《つた》わっているそうです。

【直虎《なおとら》の墓《はか》はどこにあるのか？】

龍潭寺《りょうたんじ》には始祖《しそ》・共保公《ともやすこう》や〝中興《ちゅうこう》の祖《そ》〟直盛《なおもり》（直虎《なおとら》の父《ちち》）をはじめ、直政《なおまさ》までの歴代当《れきだいとう》主《しゅ》の墓《はか》があります。直虎《なおとら》の五輪塔《ごりんとう》も祀《まつ》られており、その左横《ひだりよこ》には直親《なおちか》の五輪塔《ごりんとう》が並《なら》んで立《た》っています。井伊家《いいけ》は直政《なおまさ》の代《だい》で家康《いえやす》の関東移封《かんとういほう》に伴《ともな》い、井伊谷《いいのや》を離《はな》れましたが、彦根《ひこね》藩《はん》の歴代藩主《れきだいはんしゅ》たちは折《おり》にふれて龍潭寺《りょうたんじ》に墓参《ぼさん》したそうですよ。

さて、ここまでお読《よ》みいただき、ありがとうございました。

最後《さいご》まで読《よ》んでくださったあなたに、最大級《さいだいきゅう》の感謝《かんしゃ》を。

一陣《いちじん》の風《かぜ》が身体《からだ》の中《なか》を吹《ふ》き抜《ぬ》けたように、この本《ほん》に綴《つづ》った「井伊直虎《いいなおとら》」の人生《じんせい》を感《かん》じていただけたなら、望外《ぼうがい》のしあわせです。

藤咲《ふじさき》あゆな

『戦《せん》国《ごく》姫《ひめ》』シリーズでは、
読《どく》者《しゃ》の皆《みな》さまからの
ファンレターを募《ぼ》集《しゅう》しています。

◇◇◇◇◇◇◇◇◇◇◇◇◇◇◇◇◇◇◇◇◇◇◇◇◇◇◇◇◇◇◇◇◇◇◇◇◇◇

藤《ふじ》咲《さき》あゆな先《せん》生《せい》・マルイノ先《せん》生《せい》への
質《しつ》問《もん》やメッセージ
作《さく》品《ひん》へのご意《い》見《けん》、ご感《かん》想《そう》を
お待《ま》ちしています！

《あて先《さき》》

〒101-8050　東京都千代田区一ツ橋 2-5-10
集英社みらい文庫編集部　『戦国姫』おたより係
（あなたの住《じゅう》所《しょ》・氏《し》名《めい》を忘《わす》れずにご記《き》入《にゅう》ください）

集英社みらい文庫

戦国姫《せんごくひめ》
―井《い》伊《い》直虎《なおとら》の物語《ものがたり》―

藤咲《ふじさき》あゆな 作

マルイノ 絵

ファンレターのあて先
〒101-8050 東京都千代田区一ツ橋 2-5-10 集英社みらい文庫編集部
いただいたお便りは編集部から先生におわたしいたします。

2017年 1月31日 第1刷発行
2017年 4月 9日 第3刷発行

発 行 者　北畠輝幸
発 行 所　株式会社 集英社
〒101-8050 東京都千代田区一ツ橋 2-5-10
電話 編集部 03-3230-6246
読者係 03-3230-6080
販売部 03-3230-6393(書店専用)
http://miraibunko.jp
装 丁　小松 昇(Rise Design Room) 中島由佳理
印 刷　大日本印刷株式会社 凸版印刷株式会社
製 本　大日本印刷株式会社

★この作品はフィクションです。実在の人物・団体・事件などにはいっさい関係ありません。

ISBN978-4-08-321357-1 C8293 N.D.C.913 206P 18cm

「みらい文庫《ぶんこ》」読者《どくしゃ》のみなさんへ

言葉《ことば》を学《まな》ぶ、感性《かんせい》を磨《みが》く、創造力《そうぞうりょく》を育《はぐく》む……、読書《どくしょ》は「人間力《にんげんりょく》」を高《たか》めるために欠《か》かせません。たった一枚《いちまい》のページをめくる向《む》こう側《がわ》に、未知《みち》の世界《せかい》、ドキドキのみらいが無限《むげん》に広《ひろ》がっている。これこそが「本《ほん》」だけが持《も》っているパワーです。

学校《がっこう》の朝《あさ》の読書《どくしょ》に、休《やす》み時間《じかん》に、放課後《ほうかご》に……。いつでも、どこでも、すぐに続《つづ》きを読《よ》みたくなるような、魅力《みりょく》に溢《あふ》れる本《ほん》をたくさん揃《そろ》えていきたい。読書《どくしょ》がくれる、心《こころ》がきらきらしたり胸《むね》がきゅんとする瞬間《しゅんかん》を体験《たいけん》してほしい、楽《たの》しんでほしい。みらいの日本《にほん》、そして世界《せかい》を担《にな》うみなさんが、やがて大人《おとな》になった時《とき》、「読書《どくしょ》の魅力《みりょく》を初《はじ》めて知《し》った本《ほん》」「自分《じぶん》のおこづかいで初《はじ》めて買《か》った一冊《いっさつ》」と思《おも》い出《だ》してくれるような作品《さくひん》を一所懸命《いっしょけんめい》、大切《たいせつ》に創《つく》っていきたい。

そんないっぱいの想《おも》いを込《こ》めながら、作家《さっか》の先生方《せんせいがた》と一緒《いっしょ》に、私《わたし》たちは素敵《すてき》な本作《ほんづく》りを続《つづ》けていきます。「みらい文庫《ぶんこ》」は、無限《むげん》の宇宙《うちゅう》に浮《う》かぶ星《ほし》のように、夢《ゆめ》をたたえ輝《かがや》きながら、次々《つぎつぎ》と新《あたら》しく生《う》まれ続《つづ》けます。

本《ほん》を持《も》つ、その手《て》の中《なか》に、ドキドキするみらい──。本《ほん》の宇宙《うちゅう》から、自分《じぶん》だけの健《すこ》やかな空想力《くうそうりょく》を育《そだ》て、〝みらいの星《ほし》〟をたくさん見《み》つけてください。

そして、大切《たいせつ》なこと、大切《たいせつ》な人《ひと》をきちんと守《まも》る、強《つよ》くて、やさしい大人《おとな》になってくれることを心《こころ》から願《ねが》っています。

2011年《ねん》　春《はる》

集英社《しゅうえいしゃ》みらい文庫《ぶんこ》編集部《へんしゅうぶ》